D0563539

COLLECTION FOLIO

Guillaume Apollinaire

Les Exploits d'un jeune don Juan

Gallimard

Fils naturel d'une Polonaise émigrée et d'un officier italien qui ne se préoccupera jamais de lui, Apollinaire (de son vrai nom Wilhelm Apollinaris de Kostrowitzky), fait en 1899 l'expérience, décisive pour son œuvre, de l'amour et de la déception, et commence à écrire. Il mène une vie de bohème qu'interrompt, deux ans plus tard, un séjour en Allemagne : précepteur, il voyage en Bohême et en Autriche, et passe quelques mois en Rhénanie. La beauté et les légendes de cette région imprègnent sa poésie, tandis que son amour malheureux pour Annie Playden, la jeune gouvernante anglaise de son élève, lui inspirera la belle *Chanson du mal-aimé* (1903). De retour à Paris, Apollinaire se fait le porte-parole de tous les mouvements artistiques d'avant-garde de son époque. Il vit avec Marie Laurencin et lui consacre de nombreux poèmes —, il participe activement à la réflexion esthétique et sera l'un des théoriciens du cubisme. Il se lie avec Léon-Paul Fargue, André Salmon et Max Jacob, et il fonde plusieurs revues littéraires. Il publie en 1909 son premier ouvrage, *L'Enchanteur pourrissant*, illustré par Derain, dans lequel le magicien Merlin et la fée Viviane dialoguent dans une atmosphère étrange. *L'Hérésiarque et Cⁱᵉ* (1910), recueil de contes fantastiques et baroques pleins de verve, précède un premier volume de poèmes, *Le Bestiaire* ou *Cortège d'Orphée* (1911), illustré par Raoul Dufy et composé de quatrains délicats. Mais le chef-d'œuvre d'Apollinaire reste *Alcools* (1913). En alexandrins, en vers libres rimés ou seulement assonants, le poète évoque ses expériences et manifeste sa volonté d'être nouveau. En 1914, Apollinaire s'engage et rencontre une jeune femme, Lou, à laquelle il adressera une longue correspondance en vers et de nombreux poèmes. Ayant demandé à combattre, il est grièvement blessé à la tête en 1916 et, trépané, rejoint Paris où, la même année, ses amis publient son recueil *Le Poète assassiné*, un récit émouvant à l'humour douloureux et au lyrisme baroque. En 1917 est représenté *Les Mamelles de Tirésias*, « drame surréaliste » d'une bouffonnerie provocante en ces temps tragiques. *Calligrammes*, publié en 1918, est un nouveau recueil de poèmes, dont beaucoup ont été inspirés par son expérience de la guerre et son amour pour Lou. Cependant, atteint par la grippe espagnole, Apollinaire meurt le 9 novembre 1918, et certains de ses écrits, posthumes, ont été rassemblés dans divers recueils.

Découvrez, lisez ou relisez les livres de Guillaume Apollinaire

ALCOOLS suivi de LE BESTIAIRE et de VITAM IMPENDERE AMORI (Poésie/Gallimard)

CALLIGRAMMES (Poésie/Gallimard)

L'ENCHANTEUR POURRISSANT suivi de LES MAMELLES DE TIRÉSIAS et de COULEUR DU TEMPS (Poésie/Gallimard)

Je suis jeune, il est vrai, mais aux âmes bien nées,
La valeur n'attend pas le nombre des années.

CORNEILLE.

CHAPITRE PREMIER

Les jours d'été étaient revenus, ma mère s'était rendue à la campagne dans une propriété qui nous appartenait depuis peu.

Mon père était resté à la ville pour s'occuper de ses affaires. Il regrettait d'avoir acheté cette propriété sur les instances de ma mère : «C'est toi qui as voulu cette maison de campagne, disait-il, vas-y si tu veux, mais ne me force pas à y aller. D'ailleurs, tu peux être certaine, ma chère Anna, que je vais la revendre dès que l'occasion s'en présentera.

— Mais mon ami, disait ma mère, tu ne peux pas te figurer comme l'air de la campagne fera du bien aux enfants...

— Ta, ta, ta, répliquait mon père, en consultant un agenda et en prenant son chapeau, je t'ai passé cette fantaisie, mais j'ai eu tort.»

Ma mère était donc partie à sa campagne, comme elle disait, dans l'intention de jouir le plus rapidement et le plus complètement possible de ce plaisir momentané.

Elle était accompagnée d'une sœur plus jeune qu'elle et encore à marier, d'une femme de chambre, de moi, son fils unique, et enfin d'une de mes sœurs plus âgée que moi d'un an.

Nous arrivâmes tout joyeux à la maison de campagne que les gens du pays avaient surnommée le Château.

Le Château était une vieille demeure de fermiers riches. Il datait, sans doute, du XVIIe siècle. À l'intérieur il y avait beaucoup de place, mais la disposition des pièces était si extraordinaire qu'en somme cette maison était plutôt incommode à habiter à cause des allées et venues qu'occasionnait ce désordre architectural. Les chambres n'étaient pas placées comme dans les maisons ordinaires, mais étaient séparées par une masse de couloirs obscurs, de corridors tortueux, d'escaliers en spirale. En un mot, c'était un véritable labyrinthe et il fallut plusieurs jours pour se reconnaître dans cette maison afin d'arriver à une notion exacte de la disposition des appartements.

Les communs où étaient la ferme avec les étables et les écuries étaient séparés du Château par une cour. Ces bâtiments étaient reliés par une chapelle dans laquelle on pouvait aussi bien entrer par la cour, que par le Château ou les communs.

Cette chapelle était en bon état. Elle était autrefois desservie par un religieux qui habitait le Château et s'occupait aussi du soin des âmes des habitants du petit hameau qui était éparpillé autour de notre demeure.

Mais depuis la mort du dernier chapelain on n'avait pas remplacé ce religieux et seulement chaque dimanche et chaque jour de fête, parfois aussi pendant la semaine pour entendre les confessions, un capucin du couvent voisin venait dire dans la chapelle les offices indispensables au salut des bons paysans.

Lorsque ce moine venait, il restait toujours pour dîner et on lui avait préparé une chambre près de la chapelle, pour le cas où il dût coucher là.

Ma mère, ma tante et la femme de chambre Kate étaient occupées à préparer l'habitation, elles étaient aidées dans cette tâche par le régisseur, un valet de ferme et une servante.

Comme la récolte était déjà rentrée presque tout entière, nous avions le droit, ma sœur et moi, de nous promener partout.

Nous parcourions le Château dans tous les coins et recoins, depuis les caves jusqu'aux combles. Nous jouions à cache-cache, autour des colonnes, ou encore l'un de nous, abrité sous un escalier, attendait le passage de l'autre pour sortir brusquement en criant de manière à l'effrayer.

L'escalier de bois qui menait au grenier était très raide. Un jour j'étais descendu devant Berthe et je m'étais caché entre deux tuyaux de cheminées où il faisait très sombre, tandis que l'escalier était éclairé par une lucarne donnant sur le toit. Lorsqu'elle parut, descendant avec circonspection, je m'élançai en imitant avec force l'aboiement du chien. Berthe qui ne me savait pas là, perdit pied de la grande frayeur qu'elle eut et, manquant la marche suivante, elle tomba de telle sorte que sa tête était au pied de l'escalier tandis que ses jambes se trouvaient encore sur les marches.

Naturellement sa robe était retournée et lui couvrait le visage, laissant ses jambes à découvert.

Lorsque je m'approchai en souriant, je vis que sa chemise avait suivi sa robe jusqu'au-dessus du nombril.

Berthe n'avait pas mis de pantalon parce que — comme elle me l'avoua plus tard —, le sien était sale et que l'on n'avait pas encore eu le temps de désempaqueter le linge. C'est ainsi qu'il arriva que je vis pour la première fois ma sœur dans une nudité impudique.

À la vérité je l'avais déjà vue toute nue parce que l'on nous avait souvent baignés ensemble les années précédentes. Mais je n'avais vu son corps que par-derrière ou tout au plus de côté, parce que ma mère aussi bien que ma tante nous avaient installés de telle façon, que nos petits culs d'enfants fussent placés l'un en face de l'autre pendant qu'on nous lavait. Les deux dames prenaient bien garde que je ne jetasse aucun coup d'œil défendu et, lorsqu'on nous passait nos petites chemises, on nous recommandait de mettre soigneusement nos deux mains devant nous.

Ainsi Kate avait été une fois très grondée, parce qu'elle avait oublié de recommander à Berthe de mettre sa main devant elle un jour qu'elle avait dû la baigner au lieu de ma tante ; moi-même je ne devais en aucune façon être touché par Kate.

C'était toujours ou ma mère ou ma tante qui me baignait. Lorsque j'étais dans la grande baignoire on me disait : « Maintenant Roger tu peux retirer tes mains. » Et comme on pense bien c'était toujours l'une d'elles qui me savonnait et me lavait.

Ma mère qui avait comme principe que les enfants doivent être traités en enfants le plus longtemps possible avait fait continuer ce système.

À cette époque, j'avais treize ans, et ma sœur Berthe quatorze. Je ne savais rien de l'amour, ni même de la différence des sexes.

Mais lorsque je me sentais tout nu devant des femmes, lorsque je sentais les douces mains féminines se promener de-ci de-là sur mon corps, cela me causait un drôle d'effet.

Je me souviens fort bien que dès que ma tante Marguerite avait lavé et essuyé mes parties sexuelles, j'éprouvais une sensation indéterminée, bizarre, mais extrêmement agréable. Je remarquais que ma quéquette devenait brusquement dure comme du fer et qu'au lieu de pendre comme auparavant, elle relevait la tête. Instinctivement je me rapprochais de ma tante et j'avançais le ventre autant que je pouvais.

Un jour qu'il en avait été ainsi, ma tante Marguerite rougit brusquement et cette rougeur rendit plus aimable son gracieux visage. Elle aperçut mon petit membre dressé et, faisant semblant de n'avoir rien vu, elle fit signe à ma mère qui prenait un bain de pieds avec nous. Kate était alors occupée avec Berthe, mais elle devint aussitôt attentive. J'avais d'ailleurs déjà remarqué qu'elle préférait de beaucoup s'occuper de moi que de ma sœur, et qu'elle ne manquait pas une occasion d'aider dans cet office ma tante ou ma mère. Maintenant elle voulait voir aussi quelque chose.

Elle tourna la tête et me regarda sans aucune gêne, tandis que ma tante et ma mère échangeaient des regards significatifs.

Ma mère était en jupon et l'avait retroussé jusqu'au-dessus du genou pour se couper plus commodément les ongles. Elle m'avait laissé voir ses jolis pieds bien en chair, ses beaux mollets nerveux et ses genoux blancs et ronds. Ce coup d'œil jeté sur les jambes de ma mère avait fait autant d'effet sur ma virilité que les attouchements de ma tante. Ma mère comprit probablement cela aussitôt, car elle rougit et laissa retomber son jupon. Les dames sourirent et Kate se mit à rire jusqu'à ce qu'elle fût arrêtée par un regard sévère de ma mère et de ma tante. Mais elle dit alors pour s'excuser : « Berthe aussi rit toujours lorsque j'arrive à cet endroit avec l'éponge chaude. » Mais ma mère lui ordonna sévèrement de se taire.

Au même instant la porte de la salle de bains s'ouvrit et ma sœur aînée Élisabeth entra. Elle avait quine ans et fréquentait l'école supérieure.

Bien que ma tante eût rapidement jeté une chemise sur ma nudité, Élisabeth avait cependant eu le temps de me voir et cela me causa une grande gêne. Car si je n'avais aucune honte devant Berthe, je ne voulais cependant pas être vu tout nu par Élisabeth qui, depuis quatre ans déjà, ne prenait plus de bains avec nous, mais se baignait soit avec les dames, soit avec Kate.

J'éprouvais une espèce de colère de ce que toutes les personnes féminines de la maison avaient le droit d'entrer dans la salle de bains même quand j'y étais, tandis que je n'avais pas ce droit. Et je trouvais absolument abusif qu'on m'en interdît l'entrée même lorsqu'on baignait seulement ma sœur Élisabeth, car je ne voyais pas pourquoi, malgré qu'elle affectât des airs de demoiselle, on la traitât différemment de nous.

Berthe elle-même était outrée des prétentions injustes d'Élisabeth qui s'était un jour refusée à se mettre nue devant sa jeune sœur et n'avait pas hésité à le faire lorsque ma tante ou ma mère s'étaient enfermées avec elle dans la salle de bains.

Nous ne pouvions pas comprendre ces façons

d'agir qui tenaient à ce que la puberté avait fait son apparition chez Élisabeth. Ses hanches s'étaient arrondies, ses tétons commençaient à se gonfler et les premiers poils avaient fait leur apparition sur sa motte, comme je l'appris plus tard.

Ce jour-là, Berthe avait seulement entendu ma mère dire à ma tante en quittant la salle de bains : « Chez Élisabeth, c'est venu de très bonne heure.

— Oui, chez moi une année plus tard.

— Chez moi deux ans plus tard. Il faudrait maintenant lui donner une chambre à coucher pour elle seule.

— Elle pourra partager la mienne », avait répondu ma tante. Berthe m'avait raconté tout cela et naturellement le comprenait aussi peu que moi-même.

Cette fois-là, donc, dès que ma sœur Élisabeth en entrant m'eut vu tout nu avec mon petit vit tout dressé comme un petit coq en colère, je m'aperçus que son regard s'était porté sur cet endroit extraordinaire pour elle et qu'elle ne put cacher un mouvement de profond étonnement, mais elle ne détourna pas son regard. Au contraire.

Lorsque ma mère lui demanda brusquement si elle voulait aussi se baigner, une grande rougeur envahit son visage et elle répondit en balbutiant : « Oui, maman !

— Roger et Berthe ont maintenant fini, répliqua ma mère, tu peux te déshabiller. »

Élisabeth obéit sans hésiter et se déshabilla jusqu'à la chemise. Je vis seulement qu'elle était plus développée que Berthe, mais ce fut tout, car on me fit quitter la salle de bains.

Depuis ce jour-là je ne fus plus baigné avec Berthe. Ma tante Marguerite ou bien ma mère étaient encore présentes, parce que ma mère aurait été trop inquiète de me laisser baigner seul depuis qu'elle avait lu qu'un enfant s'était noyé dans une baignoire. Mais les dames ne touchaient plus à ma quéquette ni à mes petites couilles, bien qu'elles me lavassent encore le reste. Malgré cela, il m'arrivait encore de bander devant ma mère ou ma tante Marguerite. Les dames s'en apercevaient bien, malgré que ma mère détournât la tête en m'enlevant et en me remettant ma chemise et que ma tante Marguerite baissât les yeux vers le sol.

Ma tante Marguerite avait dix ans de moins que ma mère et comptait par conséquent vingt-six ans ; mais comme elle avait vécu dans une tranquillité de cœur très profonde, elle était très bien conservée et semblait une jeune fille. Ma nudité semblait lui faire beaucoup d'impression, car chaque fois qu'elle me baignait, elle ne me parlait que d'une voix flûtée.

Une fois qu'elle m'avait fortement savonné et rincé, sa main frôla mon petit vit. Elle la retira brusquement, comme si elle avait touché un serpent. Je m'en aperçus et lui dis avec un peu de dépit : « Gentille petite tante chérie, pourquoi ne laves-tu plus tout entier ton Roger ? »

Elle rougit beaucoup, et me dit d'une voix mal assurée : « Mais je t'ai lavé tout entier !

— Allons donc, ma petite tante, lave aussi ma quéquette.

— Fi ! le vilain garçon ! Tu peux bien la laver toi-même.

— Non ma tante, je t'en prie lave-la toi-même. Je ne sais pas le faire comme toi.

— Oh ! le polisson ! dit ma tante en souriant et, reprenant l'éponge, elle lava soigneusement mon vit et mes couilles.

— Viens, ma petite tante, dis-je, laisse-moi t'embrasser pour la peine que tu as été si gentille. »

Et je l'embrassai sur sa jolie bouche, rouge comme une cerise et ouverte sur de belles dents saines et appétissantes.

« Maintenant essuie-moi aussi », lui demandai-je, les mains jointes, dès que je fus sorti de la baignoire.

Alors ma tante m'essuya et s'attarda à l'endroit sensible peut-être plus qu'il n'était nécessaire. Cela m'excita au plus haut point, je me tenais au bord de la baignoire pour pouvoir tendre le ventre davantage et je me remuais tellement que ma tante me dit doucement :

« C'est assez, Roger, tu n'es plus un petit garçon. Dorénavant, tu te baigneras seul.

— Oh non ! ma petite tante, je t'en prie, pas

seul. Tu dois me baigner. Quand c'est toi qui le fais ça me produit beaucoup plus de plaisir que lorsque c'est ma mère.

— Habille-toi, Roger !

— Sois gentille, ma tante, baigne-toi aussi une fois avec moi !

— Habille-toi, Roger, répéta-t-elle en allant à la fenêtre.

— Non, dis-je, je veux aussi te voir baigner.

— Roger !

— Tante, si tu ne veux pas te baigner, je dirai à papa que tu as de nouveau pris ma quéquette en bouche. »

Ma tante rougit brusquement. En effet, elle l'avait vraiment fait, mais seulement un moment. C'était un jour que je n'avais pas envie de me baigner. L'eau de la baignoire était trop froide et je m'étais sauvé dans ma chambre. Ma tante m'y avait suivi et, comme nous étions seuls, elle m'avait caressé et finalement avait pris mon petit vit en bouche où ses lèvres l'avaient serré un moment. Cela m'avait fait beaucoup de plaisir et je m'étais finalement tenu tranquille.

D'autre part, dans une circonstance semblable, ma mère avait agi de même et je connais beaucoup d'exemples de ce fait. Les femmes qui baignent les petits garçons le font souvent. Cela leur produit le même effet que lorsque nous, hommes, voyons ou touchons la petite fente d'une fillette, mais les femmes savent mieux varier leurs plaisirs.

J'ai eu dans mes premières années une vieille bonne d'enfant qui, lorsque je ne pouvais pas dormir, me chatouillait la quéquette et les couilles ou même me suçait doucement le vit. J'ai même souvenance qu'un jour elle me mit sur son ventre nu et me laissa longtemps dessus. Mais comme cela s'est passé à une époque très lointaine, je ne m'en souviens que vaguement.

Dès que ma tante se fut ressaisie, elle me dit en colère : « Ce n'était qu'une plaisanterie, Roger, et tu n'étais alors qu'un petit garçon. Mais je vois que maintenant on ne peut plaisanter avec toi, tu es devenu un homme. » Et elle jeta un nouveau regard sur ma pine raide.

« Tu es même un vilain polisson, je ne t'aime plus. » Et en même temps elle donna une tape sur mon membre.

Puis elle voulut s'en aller, mais je la retins en disant :

« Pardonne-moi tantine, je ne dirai rien à personne, même si tu montes dans la baignoire.

— Je peux faire cela », dit-elle en souriant. Elle enleva ses pantoufles rouges, dans lesquelles elle était pieds nus, souleva sa robe de chambre jusqu'au-dessus des genoux et monta dans la baignoire dont l'eau lui montait jusqu'au haut des mollets.

« Maintenant, j'ai fait ta volonté, Roger, habille-toi gentiment et sois obéissant, sinon je ne te regarderai plus jamais. »

Elle disait cela d'une façon si assurée que je vis que c'était sérieux. Je ne bandais plus. Je pris ma chemise et m'habillai pendant que ma tante Marguerite prenait un bain de pieds. D'ailleurs, pour que je ne lui en demande pas plus, elle me dit qu'elle se sentait indisposée et qu'elle ne se baignerait pas.

Lorsque je fus habillé, elle sortit de la baignoire pour s'essuyer. La serviette était humide de mon corps, je me mis à genoux et essuyai les jolis pieds de ma tante. Elle me laissa faire sans protester. Lorsque je passai entre les orteils elle rit et lorsque je touchai la plante des pieds en la chatouillant cela la remit complètement de bonne humeur et elle consentit aussi à se laisser essuyer les mollets.

Quand j'arrivai aux genoux, elle m'indiqua elle-même que je ne devais pas aller plus haut. J'obéis, bien que depuis longtemps je brûlai de savoir ce que les femmes portaient sous les jupes de si précieux, qu'elles se crussent obligées de le tenir si soigneusement caché.

Ma tante et moi, nous étions de nouveau amis, mais depuis je dus me baigner seul.

Ma mère devait avoir appris ces choses de ma tante mais elle ne m'en laissa rien voir.

Nous allons maintenant abandonner ces propos qui étaient nécessaires pour l'intelligence de ce qui va suivre.

Il faut maintenant retourner un peu en arrière et reprendre le fil de notre histoire.

CHAPITRE II

Ma sœur était donc tombée au pied de l'escalier, ses jupes en l'air, et elle ne se relevait pas, même lorsqu'elle me vit tout près d'elle.

Elle était comme foudroyée par sa chute et de peur. Moi, je croyais qu'elle voulait m'effrayer et la curiosité l'emportait en moi sur la pitié.

Mes yeux ne pouvaient se détourner de sa nudité. Je voyais à la place où son bas-ventre rejoignait ses cuisses, une éminence bizarre, une motte grasse en forme de triangle sur laquelle on voyait quelques poils blonds. Presque à l'endroit où les cuisses se rejoignaient, la motte était partagée par une grosse fente de près de trois centimètres et deux lèvres s'écartaient à droite et à gauche de la fente. Je vis l'endroit où finissait cette fente lorsque ma sœur s'efforça de se relever.

Il est probable qu'elle n'avait pas idée de sa nudité, car sans cela elle aurait d'abord rabattu ses vêtements. Mais brusquement elle ouvrit les cuisses en ramenant ses pieds sous elle. Alors je vis comment les deux lèvres dont j'avais vu le commencement lorsqu'elle avait les cuisses serrées se continuaient pour se réunir près de son cul.

Pendant son rapide mouvement, elle avait entrouvert sa fente qui, à cette époque, pouvait avoir de sept à huit centimètres de long ; pendant ce temps, j'avais pu voir la chair rouge de l'intérieur, tandis que le reste de son corps était d'une couleur de lait. Il faut excepter cependant l'entrecuisse qui près des lèvres était un peu rouge. Mais cette légère rougeur provenait, sans doute, de la sueur ou de la pisse.

Entre la fin de son con, dont la forme était assez semblable à la fente d'un abricot et entre son cul, se trouvait une distance de quelques doigts. Là se trouvait le troufignon de ma Berthe, qui m'apparut au moment où ma sœur s'étant retournée, elle me tendait le cul. Ce trou n'était pas plus grand que la pointe de mon petit doigt et était d'une couleur plus foncée. Entre les fesses, la peau était légèrement rouge à cause de la sueur que provoquait la chaleur de cette journée.

Ma curiosité avait été si vive, que je n'avais pas pris garde qu'en tombant, ma sœur avait dû se faire beaucoup de mal, mais je m'en aperçus enfin et volai à son secours. Toute cette scène à vrai dire n'avait pas duré une minute. J'aidai Berthe à se relever. Elle vacillait et se plaignait de douleurs à la tête.

Il y avait bien de l'eau froide au puits de la cour, mais nous aurions été inévitablement remarqués, on nous aurait confessés et, finalement, nos excursions dans le Château auraient été interdites. Je proposai d'aller jusqu'au petit étang que du haut du toit nous avions découvert dans le fond du jardin. Arrivés là, nous trouvâmes presque cachées par une végétation épaisse des roches artificielles, d'où sortait une source qui coulait dans l'étang.

Berthe s'était assise sur un banc de pierre, avec nos mouchoirs je lui fis des compresses. Elle était un peu échauffée et haletante. Mais il y avait encore du temps avant midi et, au bout d'une demi-heure, elle avait repris ses esprits bien qu'elle conservât une grosse bosse à la tête. Heureusement, on ne la voyait pas, car elle était cachée par les cheveux.

Pendant ce temps, j'avais classé dans mon esprit tout ce que j'avais vu et m'attardai volontiers au souvenir de ces choses nouvelles.

Mais je ne savais pas comment je devais agir à propos de cela avec Berthe.

À la fin, je décidai de ce que je ferais, j'avais remarqué en regardant la nudité de ma sœur, qu'à l'endroit où son con finissait, sous son cul, se trouvait un grain de beauté.

J'en avais un semblable au même endroit derrière les couilles.

Ma mère et ma tante l'avaient un jour regardé en riant et je n'avais pas compris pourquoi;

plus tard, je l'avais vu en regardant mon cul dans la glace.

Lorsque je fis part de cela à Berthe, elle rougit profondément et parut très étonnée. Elle fit d'abord comme si elle ne comprenait pas, mais lorsque je lui eus bien décrit sa position, que je me fus mis par terre les jambes écartées, pour lui montrer comment je l'avais vue, elle manifesta une honte sans mesure.

J'avais pris garde que dans le jardin, il n'y avait personne autre que nous. Les hautes végétations nous cachaient à tout regard lointain, tandis que nous pouvions nous apercevoir de l'approche de tout étranger.

Je déboutonnai mes bretelles, laissai tomber mon léger pantalon d'été et me remis sur le dos bien en face de ma sœur.

« Oh ! mon Dieu ! Roger, si quelqu'un te voyait, dit-elle à mi-voix, sans pourtant détourner ses regards.

— Personne n'est dans le voisinage, Berthe », répondis-je sur le même ton. Puis, je me relevai, me mis devant elle, soulevai ma chemise et lui dis : « Puisque je t'ai vue tout entière, tu peux me voir tout entier. »

La curiosité de Berthe était éveillée et elle me regarda sans aucune espèce de gêne. Ces regards commencèrent à me produire de l'effet, mon membre devint ferme, se souleva lentement et se dandinait avec importance, tandis que le gland se découvrait.

«Vois-tu, Berthe, c'est par le petit trou du bout que je pisse, mais maintenant je ne le peux pas, bien que j'en aie envie.

— Moi aussi, j'en ai envie, depuis longtemps, dit doucement Berthe, mais j'ai honte, tu ne dois pas me regarder, Roger !

— Voyons, Berthe, ne sois pas méchante, si l'on se retient trop longtemps, la vessie crève et l'on meurt. C'est ce que nous disait notre vieille bonne. »

Berthe se leva, regarda de tous côtés, puis s'accroupit près du banc et commença à pisser. Je me penchai vite pour tout voir et vis en haut de sa fente un jet mince et large qui tombait obliquement sur le sol.

«Mais non, Roger ! s'écria-t-elle d'un ton pleurard, cela ne se fait pas ! »

Elle cessa de pisser et se releva.

«Mais Berthe, personne ne nous voit, sois gentille », répondis-je.

Je souris et ajoutai : «Regarde-moi, je ne me gêne pas devant toi. » Je commençai à pisser, mais par à-coups, parce que mon membre était encore raide. Berthe éclata de rire. Je profitai de sa bonne humeur, soulevai rapidement son jupon et sa chemise, l'accroupis de force et la forçai à pisser.

Elle ne fit plus de résistance, écarta ses jambes et se pencha un peu. Je vis le jet qui tombait sur le sol en faisant des éclaboussures. À la fin il devint plus faible. Finalement, il me sembla que ma sœur faisait des efforts, sa fente s'ouvrait tout en haut et l'on voyait la chair rouge. Cela n'avait duré que quelques secondes, le jet cessa et quelques gouttes en tombèrent seules encore.

Alors j'empoignai avec mes deux mains les lèvres de son con et je les écartai. Ceci sembla lui causer beaucoup de plaisir, car sans cela elle n'eût pas tenu sa chemise en l'air avec tant de complaisance.

À la fin, je découvris que sa fente, que l'on pouvait comparer à une moule entrouverte, contenait encore deux lèvres, mais plus petites que celles du dehors.

Celles-ci étaient d'une belle couleur rouge et fermées. En haut, on voyait un petit trou par où elle avait pissé. On voyait aussi un petit bout de chair de la grosseur d'un petit pois. Je le touchai et le trouvai très dur.

Ces attouchements semblaient plaire à ma sœur car elle se tint tranquille, sauf qu'elle poussait un peu le ventre en avant.

Elle devint très excitée et souleva encore sa chemise au-dessus du nombril. Alors je visitai son ventre. Je lui passai les mains partout. Je chatouillai son nombril et mis ma langue autour. Puis je me reculai un peu pour mieux voir.

Alors seulement je vis les jolis poils qui ornaient la motte grasse et triangulaire de Berthe.

À la vérité, il y en avait peu, ils étaient courts,

duveteux et de couleur si claire que vraiment il fallait être bien près pour les voir. Chez moi il n'y en avait pas plus, mais ils étaient plus noirs.

Je les tortillai un peu et manifestai mon étonnement au sujet de la différence de couleur de nos poils.

Mais Berthe répondit : « C'est toujours comme ça !

— Comment sais-tu cela ?

— Kate me l'a dit, quand nous étions au bain seules. D'ailleurs je vais bientôt avoir mes affaires.

— Qu'est-ce que c'est que ça ?

— Le con laisse couler du sang tous les mois pendant quelques jours. Kate a eu des poils et ses affaires au même âge que moi.

— A-t-elle aussi des poils comme toi ?

— Mais non ! » dit Berthe d'un air de supériorité et, laissant retomber ses vêtements, elle ajouta : « Kate a les poils roux et moi je les ai blonds. Elle se met de l'huile sur la tête pour paraître plus foncée. D'ailleurs, elle a tellement de poils qu'on ne peut voir sa chose que si elle écarte bien les jambes. »

Pendant que Berthe disait tout cela, mon membre avait perdu sa raideur. Berthe le remarqua et dit :

« Vois, ton chose est redevenu tout petit. Kate m'a bien dit cela, un jour que je lui avais demandé pourquoi elle avait ri dans la salle de bains. Elle m'a raconté que le membre de

Roger s'était dressé comme celui d'un homme. Il paraît qu'il est d'ailleurs assez gros. "S'il était un homme, a-t-elle ajouté, je me le laisserais bien mettre par lui. Prends garde, Berthe, qu'il ne te le mette pas."

— Qu'est-ce que ça veut dire : le mettre ? demandai-je.

— Eh bien, oui ! quand on se les frotte l'un à l'autre. Kate me l'a déjà fait et j'ai dû le lui faire aussi. Elle m'a fait bien plus de plaisir que toi tout à l'heure. Elle se mouille toujours le doigt. J'ai dû lui mettre le pouce parce qu'il paraît que c'est le doigt qui entre le plus loin. Alors je l'ai remué vite d'avant en arrière et ça lui a fait plaisir. Elle me l'a fait et ça m'a fait plaisir aussi, mais la première fois qu'elle se l'est fait faire, elle m'a beaucoup effrayée. Elle a commencé à soupirer, à souffler, elle s'est mise à crier en se secouant, si bien que j'allais cesser croyant qu'elle avait mal : "Ne cesse pas, Berthe", m'a-t-elle dit, et elle s'est secouée en criant : "Berthe, Berthe, ça vient, oh ! oh ! oh !..."

« Puis elle est retombée sur le lit, comme évanouie. Quand j'ai retiré mon doigt de sa fente, il était comme plein de colle. Elle m'a fait laver et m'a promis de me faire venir aussi cela, lorsque je serai plus vieille et que j'aurai du poil sur ma motte. »

Mille pensées me traversaient la tête, j'avais cent questions à faire, parce qu'il m'était resté beaucoup à comprendre.

Qui sait, d'ailleurs, ce qui se serait passé si la cloche n'avait pas sonné pour annoncer le dîner. Je regardai vite tous les trésors de Berthe, lui montrai les miens. Puis nous remîmes nos vêtements en ordre. Ensuite nous nous embrassâmes, en nous promettant, sur l'honneur, de ne rien dévoiler de ce qui s'était passé entre nous. Nous allions nous en aller, quand un bruit de voix nous retint.

CHAPITRE III

La cloche qui venait de sonner, nous nous en aperçûmes alors, n'était pas pour nous, mais pour annoncer le dîner des domestiques. Nous n'étions donc pas pressés de nous éloigner, puisque nous étions habillés, et que les gens qui se seraient approchés ne pourraient rien savoir de ce que nous venions de faire.

Nous entendions du bruit, non loin de nous, hors du jardin. Nous vîmes bientôt que ces voix appartenaient à quelques servantes qui avaient à faire dans le champ qui se trouvait derrière le jardin. Mais nous pouvions les regarder parce que le dîner des domestiques ne commençait qu'un quart d'heure après la sonnerie de la cloche.

Comme il avait plu la veille, la terre du champ labouré collait aux pieds des servantes qui allaient pieds nus et dont les jupes — à la vérité, elles ne semblaient en avoir qu'une seule, chacune, sur le corps — étaient très courtes et ne descendaient pas plus bas que le genou. Elles n'étaient pas d'une grande beauté, mais c'étaient tout de même des paysannes bien bâties, hâlées par le soleil et d'un âge variant entre vingt et trente ans.

Lorsque ces femmes furent arrivées à l'étang, elles s'assirent dans le gazon de la rive et trempèrent leurs pieds dans l'eau.

En prenant leur bain de pieds elles jacassaient à qui mieux mieux.

Elles étaient en face de nous et à peine éloignées de dix pas, ce qui faisait qu'on distinguait très bien la différence de couleur entre leurs mollets bruns et leurs genoux beaucoup plus blancs, qui étaient complètement découverts, chez quelques-unes on voyait même une partie de la cuisse.

Berthe ne semblait prendre aucun plaisir à ce spectacle et me tirait par le bras pour que nous nous en allions.

Alors nous entendîmes des pas tout près de nous, et nous vîmes arriver trois valets sur un sentier près de nous.

Quelques-unes des servantes mirent de l'ordre dans leurs vêtements à la vue des hommes, et particulièrement l'une, qui avait des cheveux d'un noir de charbon et quelque chose d'espagnol dans le visage où brillaient deux yeux gris clair et malicieux.

Le premier des valets, qui était un homme d'aspect idiot, ne prit pas garde à la présence des femmes, et, se plaçant devant notre cachette, déboutonna son pantalon pour pisser.

Il tira son membre qui ressemblait assez au mien sauf que son gland était complètement recouvert. Il le décalotta pour pisser. Il avait relevé sa chemise si haut qu'on pouvait aussi voir les poils qui entouraient ses parties génitales, il avait aussi tiré ses couilles de son pantalon et il se les grattait de la main gauche, tandis qu'il dirigeait son membre de la main droite.

À cette vue, j'éprouvai la même sensation d'ennui que Berthe quand je lui avais montré les mollets des paysannes, mais celles-ci était maintenant tout yeux. Les filles faisaient comme si elles ne voyaient pas. Le second valet se déculotta aussi et montra de même sa pine plus petite que la précédente, mais à demi-décalottée et brune. Il se mit à pisser. Alors les filles se mirent à rire et leurs éclats furent encore plus forts, lorsque le troisième valet se fut aussi mis en position.

Pendant ce temps, le premier avait fini. Il décalotta complètement sa bitte, la secoua pour faire tomber les dernières gouttes, plia un peu les genoux en avant pour rentrer tout le paquet dans le pantalon et, en même temps, il lâcha un pet clair et sonore tandis qu'il poussait un «Aaah!» de satisfaction. Alors ce fut parmi les servantes une fusée de rires et de moqueries.

Le rire devint général lorsqu'elles remarquèrent le boute-joie du troisième valet. Celui-ci s'était placé en biais de telle façon que nous pouvions voir son membre aussi bien que les paysannes.

Il le mettait en l'air de façon à ce que le jet s'en allât très haut, ce qui faisait rire les servantes comme des folles. Ensuite les valets allèrent vers les servantes et l'une d'elles se mit à lancer de l'eau sur celui qui avait l'air idiot. Le dernier valet dit à la brunette qui avait rangé ses robes à la vue des hommes :

« Tu as eu beau le cacher, Ursule, j'ai déjà vu ce qui te tient tant à cœur.

— Il y a encore beaucoup de choses que tu n'as pas vues, Valentin ! et que tu ne verras jamais ! répondit Ursule avec coquetterie.

— Penses-tu ? » dit Valentin, qui, maintenant, se trouvait juste derrière elle.

En même temps il la saisit par les épaules et la poussa en arrière sur le sol. Elle voulut retirer ses pieds de l'eau, mais ne prit pas garde qu'en même temps son léger jupon et sa chemise se soulevaient, de façon qu'elle se trouvait dans la même position que celle où j'avais vu ma sœur auparavant. Malheureusement ce spectacle agréable ne dura que quelques secondes.

Mais cela avait duré assez longtemps pour qu'Ursule, qui avait déjà montré une paire de mollets très prometteurs, laissât voir deux belles cuisses dignes de tous les honneurs et qui se terminaient en un superbe cul dont les fesses ne laissaient rien à désirer.

Entre les cuisses, sous le ventre, se trouvait

un buisson de poils noirs, qui descendait assez pour entourer les deux jolies lèvres de son con, mais à cet endroit les poils n'étaient pas aussi épais qu'au-dessus où ils couvraient un espace que j'aurais eu peine à cacher avec la main.

«Vois-tu, Ursule, maintenant j'ai vu aussi ta marmotte noire!» dit Valentin assez excité, et il accepta sans broncher les coups et les injures de la jeune fille qui s'était réellement mise en colère.

Le second valet voulut aussi agir avec une fille de la même façon que Valentin avait agi avec Ursule.

Cette seconde servante était une assez belle fille dont le visage, le cou et les bras étaient si couverts de taches de rousseur qu'on ne voyait presque plus sa couleur naturelle. Elle en avait aussi sur les jambes, mais moins et plus grosses. Elle avait l'air intelligent, ses yeux étaient bruns, ses cheveux roux et crépus. Elle n'était en somme, pas jolie jolie, mais assez excitante pour donner des désirs à un homme. Et le valet Michel semblait excité : «Hélène, dit-il, tu dois avoir une motte rouge, si elle est noire, c'est qu'elle a été volée !

— Salaud!» dit la belle paysanne.

Il l'empoigna comme avait fait Valentin.

Mais elle avait eu le temps de se relever et au lieu de voir la jolie motte, il reçut une grêle de coups en plein visage qui lui firent voir trente-six chandelles.

Les deux autres servantes se mirent aussi à taper dessus.

À la fin, il put se sauver en criant, poursuivi par les rires des servantes et courut après ses compagnons.

Les servantes avaient terminé leurs bains de pieds et s'étaient éloignées, sauf Ursule et Hélène, qui se préparaient d'ailleurs aussi à partir.

Elles se chuchotèrent quelque chose à l'oreille. Ursule se mit à rire et courba le front en faisant des mines et Hélène le regardait en dessous en hochant la tête.

La première sembla penser à ce que lui avait appris la seconde. Hélène jeta un regard autour d'elle pour voir si tout le monde s'était éloigné, puis elle souleva brusquement ses jupes par-devant et les tint en l'air avec la main gauche, tandis qu'elle mettait la droite entre ses cuisses, à l'endroit où on voyait une forêt de poils roux. Au mouvement des poils qui étaient beaucoup plus épais que chez Ursule, on pouvait voir qu'elle pressait entre ses doigts les lèvres de son con, que l'épaisseur de la toison empêchait d'apercevoir. Ursule la regardait tranquillement. Brusquement un jet sortit du buisson de poils, mais au lieu de tomber brusquement sur le sol, cela monta et décrit un demi-cercle. Cela étonna beaucoup Berthe qui, pas plus que moi, ne savait qu'une femme pût pisser de cette façon.

Cela dura aussi longtemps que chez Valentin. Ursule était tout à fait étonnée et semblait avoir envie d'essayer, mais elle y renonça car le second et dernier coup de cloche annonçant le dîner retentit et les deux servantes se sauvèrent rapidement.

CHAPITRE IV

Lorsque Berthe et moi fûmes rentrés au Château, nous trouvâmes la table mise. Mais ma mère et ma tante n'avaient pas encore complètement terminé l'installation de la salle. Pendant que ma sœur les aidait, je lus dans le journal que mon père nous envoyait un fait divers parlant d'un monsieur X*** qui avait violé une demoiselle A***, je cherchai la signification du mot « violé » dans le dictionnaire et trouvai : déflorer. Je n'étais pas plus avancé qu'avant, mais j'avais un sujet de pensée de plus.

Ensuite on se mit à table et, contre notre habitude, Berthe et moi nous ne disions rien, ce qui étonna ma mère et ma tante, qui dirent : « Ils doivent encore s'être battus. » Il nous semblait préférable de cacher nos nouvelles intimités sous le manteau factice de la rancune.

Ma mère raconta comment elles avaient disposé les chambres pour elle et son mari et pour ma tante. Les chambres étaient au premier étage où se trouvait aussi la chambre destinée à Kate et à Berthe.

Au rez-de-chaussée, derrière un escalier qui conduisait à une bibliothèque, se trouvait la mienne. Je montai dans la bibliothèque qui contenait beaucoup de vieux livres et aussi quelques ouvrages modernes.

Auprès se trouvait la chambre préparée pour le religieux. Cette pièce était séparée de la chapelle par un corridor. Dans la chapelle, près de l'autel, se trouvaient deux larges loges dans lesquelles les propriétaires précédents venaient entendre la messe. Dans le fond d'une des loges se trouvait un confessionnal pour les maîtres, tandis qu'un autre, pour les domestiques, se trouvait au fond de la chapelle.

J'avais pu remarquer cela dans le courant de l'après-midi, Berthe, après le dîner, ayant dû aider ces dames, et j'avais à peine eu le temps de lui donner un baiser en venant proposer mes services.

Plusieurs jours s'écoulèrent sans que rien se passât.

Berthe était toujours occupée avec les dames qui n'avaient pas encore terminé leur installation.

Comme il faisait mauvais temps, je me tenais le plus souvent dans la bibliothèque, où j'avais été agréablement surpris de découvrir un atlas anatomique dans lequel je trouvai la description illustrée des parties naturelles de l'homme et de la femme. J'y trouvai aussi l'explication de la grossesse et de toutes les phases de la maternité que je ne connaissais pas encore.

Cela m'intéressait d'autant plus que la femme du régisseur était enceinte en ce moment et que son gros ventre avait vivement excité ma curiosité.

Je l'avais entendue parler de cela avec son mari. Leur appartement était au rez-de-chaussée, juste auprès de ma chambre, du coté du jardin.

Il est évident que les événements de la journée mémorable où j'avais vu la nudité de ma sœur, des servantes et des valets, ne m'étaient pas sortis de l'esprit. J'y pensais sans cesse et mon membre bandait constamment. Je le regardais souvent et jouais avec lui. Le plaisir que je trouvais à le tripoter m'incitait à continuer.

Dans le lit, je m'amusais encore à me mettre sur le ventre et me frotter contre les draps. Mes sensations se raffinaient de jour en jour. Une semaine se passa ainsi.

Un jour que j'étais assis dans le vieux fauteuil de cuir de la bibliothèque, l'atlas ouvert tout grand devant moi, à la page des parties génitales de la femme, je sentis une telle érection que je me déboutonnai et sortis ma pine. À force d'avoir tiré dessus, mon membre décalottait maintenant facilement. J'avais d'ailleurs seize ans et je me sentais complètement homme. Mes poils, devenus plus épais, ressemblaient maintenant à une belle moustache. Ce jour-là, à force de frotter, je sentis une volupté inconnue si profonde, que ma respiration en devint haletante. Je serrai plus fort mon membre à pleine main, je le relâchai, je frottai d'avant en arrière, je décalottai complètement, chatouillai mes couilles et mon trou du cul, puis je regardai mon gland décalotté, il était rouge sombre et luisait comme de la laque.

Cela me causait un plaisir inexprimable, je finis par découvrir les règles de l'art du branlage et frottai ma pine régulièrement et en mesure, si bien qu'il arriva une chose que je ne connaissais pas encore.

C'était une sensation de volupté indicible qui me força à étendre mes jambes devant moi et à les pousser contre les pieds de la table, tandis que mon corps, renversé en arrière, se pressait contre le dossier du fauteuil.

Je sentis que le sang me montait au visage. Ma respiration devint oppressée, je dus fermer les yeux et ouvrir la bouche. Dans l'espace d'une seconde, mille pensées me traversèrent la cervelle.

Ma tante, devant qui je m'étais tenu tout nu, ma sœur, les deux servantes avec leurs cuisses puissantes, tout cela défila devant mes yeux. Ma main frotta plus rapidement sur la pine, une secousse électrique me traversa le corps.

Ma tante ! Berthe ! Ursule ! Hélène !... Je sentis mon membre se gonfler et, du gland rouge sombre, gicla une matière blanchâtre, d'abord en un grand jet, suivi d'autres moins puissants. J'avais déchargé pour la première fois.

Mon engin se ramollit rapidement. Je regardais maintenant avec curiosité et intérêt le sperme qui m'était tombé sur la main droite, car il sentait le blanc d'œuf et en avait l'apparence. Il était épais comme de la colle. Je le léchai et lui trouvai une saveur d'œuf cru. Finalement, je secouai les dernières gouttes qui pendaient au bout de mon membre complètement endormi et que j'essuyai avec ma chemise.

Je savais, par mes lectures précédentes, que je venais de me livrer à l'onanisme. Je cherchai ce mot dans le dictionnaire et trouvai un long article là-dessus, si détaillé que quiconque n'en aurait pas connu la pratique l'aurait infailliblement apprise.

Cette lecture m'excita de nouveau, la fatigue qui avait suivi ma première éjaculation était passée. Une faim dévorante avait été le seul fruit de cette action. À table, ma mère et ma tante s'aperçurent de mon appétit, mais l'attribuèrent à la croissance.

Je remarquai, dans la suite, que l'onanisme ressemblait à la boisson, car plus on boit, plus on a soif…

Ma pine ne cessait de bander et je ne cessais de penser à la volupté, mais les plaisirs d'Onan ne pouvaient me satisfaire éternellement. Je pensais aux femmes et cela me semblait dommage de gâcher mon sperme en me branlant.

Ma bitte devint plus brune, mes poils formè-
rent une jolie barbiche, ma voix était devenue
profonde et quelques poils, encore microsco-
piques, commençaient à paraître au-dessus de
ma lèvre supérieure. Je m'aperçus que rien de
l'homme ne me manquait plus, sauf le coït —
c'est le mot que les livres donnaient à cette
chose encore inconnue pour moi.

Toutes les femmes de la maison s'étaient
aperçues des changements qui avaient eu lieu
dans ma personne et je n'étais plus traité en
gamin.

CHAPITRE V

La fête du saint patron de la chapelle du Château arriva, et cela donna lieu à une grande fête qui était précédée par la confession des habitants du Château.

Ma mère avait décidé de se confesser ce jour-là et ma tante comptait faire de même, les autres habitants du Château ne devaient pas rester en arrière.

Je m'étais fait passer pour malade et gardais la chambre depuis la veille, afin que ma maladie supposée n'éveillât point les soupçons.

Le capucin était arrivé et avait dîné avec nous. On avait pris le café dans le jardin où je restai seul après que Kate eut complètement débarrassé la table. Comme le temps me paraissait long, je m'en allai dans la bibliothèque où je remarquai une porte cachée que je n'avais pas encore remarquée. Elle donnait sur un escalier dérobé, étroit et sombre, ne recevant de la lumière que d'un petit œil-de-bœuf placé au bout du corridor où il conduisait.

Par cet escalier on arrivait à la chapelle, et derrière la porte verrouillée et rouillée, parce que depuis longtemps on n'en avait pas fait usage, on entendait la voix du capucin qui disait à ma mère, qu'il la confesserait le lendemain à cette place.

La cloison de bois à laquelle se trouvait adossé le confessionnal, laissait passer distinctement chaque parole. Il me sembla donc que de cette place je pourrais tout entendre.

Je pensai aussi que cet escalier avait dû être ménagé dans les siècles écoulés, par un seigneur jaloux qui voulait entendre les confessions de son épouse.

Le lendemain, après mon café, la femme du régisseur vint pour faire ma chambre. J'ai dit qu'elle était enceinte et je pus à mon aise contempler l'énorme masse de son ventre et aussi la grosseur inaccoutumée de ses tétons dont on pouvait apercevoir le ballottement sous la légère blouse qu'elle portait.

Cette femme était agréable et avait un assez joli visage. Elle avait été, auparavant, servante dans le Château, jusqu'à ce que le régisseur qui l'avait engrossée l'eût épousée.

J'avais déjà vu des seins de femme en image ou sur les statues, mais je n'en avais jamais vu au naturel.

La régisseuse était pressée. Elle n'avait fermé qu'un bouton de sa blouse et il arriva qu'en se courbant pour faire mon lit, ce bouton se défit

49

et j'aperçus toute sa poitrine parce qu'elle portait une chemise très échancrée.

Je fis un bond : « Madame ! vous allez vous refroidir ! » Et faisant semblant de vouloir reboutonner la blouse, je défis le ruban qui retenait sa chemise sur les épaules. Au même moment, les deux tétons semblèrent bondir de leur cachette et je sentis leur grosseur et leur fermeté.

Les boutons qui se tenaient au milieu de chaque sein ressortaient, ils étaient rouges et entourés d'une aréole très large et de couleur brunâtre.

Ces tétons étaient aussi fermes qu'une paire de fesses, et comme je les pressais un peu avec les deux mains, on aurait pu les prendre pour le cul d'une jolie fille.

La femme avait été si étonnée que j'eus le temps, avant qu'elle ne se fût remise de son émotion, de baiser ses tétons à loisir.

Elle sentait la sueur, mais d'une façon assez agréable qui m'excitait. C'était cette *odor di femina* qui, je l'ai su plus tard, émane du corps de la femme et qui, suivant sa nature, excite le plaisir ou le dégoût.

« Ah ! hou ! À quoi pensez-vous donc ? Non... cela ne se fait pas... je suis une femme mariée... pour rien au monde... »

C'étaient ses paroles, tandis que je la poussais vers le lit. J'avais ouvert ma robe de chambre, je soulevai ma chemise et lui montrai mon membre dans un état d'excitation épouvantable.

« Laissez-moi, je suis enceinte, oh ! Seigneur ! Si quelqu'un nous voyait. »

Elle se défendait encore, mais plus faiblement.

D'ailleurs, son regard ne quittait pas mes parties sexuelles. Elle se tenait contre le lit sur lequel je m'efforçais de la faire tomber.

« Vous me faites mal !

— Ma belle dame ! personne ne nous voit ni ne nous entend », dis-je.

Maintenant, elle était assise sur le lit. Je poussai encore. Elle faiblit, se mit à la renverse et ferma les yeux.

Mon excitation ne connaissait plus de bornes. Je soulevai ses robes, sa chemise et vit une belle paire de cuisses qui m'enthousiasmèrent plus que celles des paysannes. Entre les cuisses fermées, j'aperçus un petit buisson de poils châtains, mais dans lequel on ne pouvait pas distinguer de fente.

Je tombai sur les genoux, saisis ses cuisses, les tâtai de toutes parts, les caressai, mis mes joues dessus et les baisai. Des cuisses, mes lèvres montèrent au mont de Vénus qui sentait la pisse, ce qui m'excitait encore plus.

Je soulevai sa chemise et regardai avec étonnement l'énormité de son ventre, où le nombril était en relief au lieu d'être en creux comme chez ma sœur.

Je léchai ce nombril. Elle était immobile, ses seins pendaient sur les côtés. Je soulevai un de ses pieds et le portai sur le lit. Son con m'apparut. Je m'effrayai d'abord en voyant les deux grandes lèvres, épaisses et enflées, dont la couleur rouge tournait au brun.

Sa grossesse me laissait jouir de cette vue d'une façon très complète. Ses lèvres étaient ouvertes et, à l'intérieur, où je jetai un coup d'œil, j'aperçus tout un étal de boucherie où la viande était d'un beau rouge humide.

En haut des grandes lèvres le trou à pipi se montrait surmonté d'un petit grain de viande, c'était le clitoris, comme je m'en rendis compte, par ce que j'avais appris dans l'atlas anatomique.

La partie supérieure de la fente se perdait dans les poils qui couvraient un mont de Vénus d'un embonpoint démesuré. Les lèvres étaient presque dépourvues de poils et la peau, entre les cuisses, était humide et rougie par la sueur.

En vérité, le spectacle n'était pas admirable, mais il me plut d'autant plus que cette femme était assez propre. Je ne pus m'empêcher de placer ma langue dans sa fente et rapidement je léchai et pourléchai le clitoris qui durcissait sous mon glottisme enragé.

Ce léchage me fatigua bientôt, je remplaçai ma langue par un doigt, la fente était très humide. Alors je m'emparai des tétons dont je pris les pointes en bouche en les suçant tour à tour. Mon index ne quittait pas le clitoris qui durcissait et grandissait. Il eut bientôt la taille de mon petit doigt et la grosseur d'un crayon.

Là-dessus, la femme reprit ses esprits et se mit à pleurer, mais sans quitter la position que je lui avais imposée. Je compatissais un peu à sa peine, mais j'étais trop excité pour m'en soucier réellement. Je lui dis des mots cajoleurs pour la consoler. Finalement, je lui promis d'être le parrain de l'enfant qu'elle attendait.

J'allai dans mon tiroir, et tirai de l'argent que je donnais à la femme qui avait réparé son désordre. Ensuite, j'enlevai ma chemise et ressentis une certaine honte à me retrouver nu devant une femme, surtout mariée et enceinte.

Je pris la main moite de la régisseuse et la posai sur mon membre. Ce contact était réellement exquis.

Elle pressa d'abord doucement, puis plus fort. J'avais empoigné ses tétons qui m'attiraient.

Je l'embrassai sur la bouche et elle me donna ses lèvres avec empressement.

Tout en moi tendait vers le plaisir. Je me plaçai entre les cuisses de la régisseuse assise, mais elle s'écria : «Pas sur moi, cela me fait mal. Je ne peux plus me le laisser faire par-devant.»

Elle descendit du lit, se tourna et se courba, le visage sur le lit. Elle n'ajouta pas une parole, mais mon instinct me donna le mot de l'énigme. Je me souvins d'avoir vu des chiens à l'œuvre. Je pris aussitôt Médor comme exemple et soulevai la chemise de Diane, c'était le nom de la régisseuse.

Le cul m'apparut, mais un cul comme je n'en avais jamais rêvé. Si le cul de Berthe était plus gracieux, vraiment il était sans importance auprès de celui-là. Mes deux fesses ensemble ne faisaient pas la moitié d'une seule de ce cul miraculeux dont la chair était d'ailleurs très ferme. Il était blanc à éblouir comme les tétons et les belles cuisses.

Dans la fente, il y avait des poils blonds et cette fente divisait profondément ce cul étonnant en deux superbes fesses.

Au-dessous du cul colossal, entre les cuisses, apparaissait le con gras et juteux dans lequel je fouillai d'un doigt rigoleur.

Je plaçai ma poitrine contre le cul nu de la femme et essayai d'entourer de mes bras son ventre insaisissable qui pendait comme un globe majestueux.

Alors, j'embrassai ses fesses, puis j'y frottai mon membre. Mais ma curiosité n'était pas encore satisfaite. J'ouvris les fesses et inspectai le trou du cul. Il était en relief comme le nombril et brun, mais très propre.

J'y mis mon doigt, mais elle eut un mouvement de recul et je craignis de lui avoir fait mal. Aussi n'insistai-je point. Je plaçai ma pine brûlante dans son con, comme un couteau dans une motte de beurre. Puis je me démenai comme un beau diable en faisant claquer mon ventre contre le cul élastique.

Cela me mit complètement hors de moi. Je ne savais plus ce que je faisais et j'arrivai ainsi au terme de la volupté en éjaculant pour la première fois ma semence dans le con d'une femme.

Je voulais m'attarder dans cette agréable position après la décharge, mais la régisseuse se retourna et se recouvrit pudiquement. Pendant qu'elle reboutonnait sa camisole, j'entendis un petit flic-flac, c'était mon sperme qui coulait de son con et était tombé sur le sol. Elle l'étala avec le pied et frotta sa jupe entre ses cuisses pour s'essuyer.

Lorsqu'elle me vit devant elle, la pine à demi bandante, rouge et toute humide, elle sourit, tira son mouchoir et nettoya soigneusement le membre qui l'avait fêtée.

« Habillez-vous donc, monsieur Roger, dit-elle, il faut que je m'en aille ; mais pour l'amour du ciel, que personne ne sache jamais, ajouta-t-elle en rougissant, ce qui s'est passé entre nous, sans ça je ne vous aimerais plus. »

Je la pressai contre moi, deux baisers furent échangés et elle s'en alla, me laissant avec un flot de sensations nouvelles qui m'avaient fait presque oublier la confession.

CHAPITRE VI

Aussi doucement que possible, je pénétrai dans l'étroit couloir. J'étais en savates et je m'approchai de la cloison de bois. J'eus bientôt trouvé la place d'où l'on entendait le mieux. Le capucin s'était arrangé pour que seule la personne qui se confessait restât dans l'oratoire, tandis que ceux qui attendaient se tenaient dans la chapelle.

En conséquence, on n'avait pas besoin de parler à voix basse. Et la conversation était très distincte. Je remarquai à la voix qu'un paysan était au confessionnal. La confession devait être commencée depuis longtemps, car le capucin parla ainsi :

LE CONFESSEUR : Ainsi tu dis que dans les cabinets tu joues toujours avec ton membre. Pourquoi le fais-tu, combien de temps, et cela s'est-il reproduit souvent ?

LE PAYSAN : En général, deux fois par semaine, mais parfois tous les jours, jusqu'à ce que ça vienne. Je ne peux pas m'en empêcher, ça me fait trop de bien.

LE CONFESSEUR : Et avec les femmes ne l'as-tu jamais fait?

LE PAYSAN : Une seule fois avec une vieille.

LE CONFESSEUR : Raconte-moi cela et ne me cache rien.

LE PAYSAN : J'étais une fois avec la vieille Rosalie, dans le grenier à foin. J'ai commencé à bander et j'ai dit : «Rosalie, y a-t-il longtemps que tu n'as plus eu d'homme?» Elle m'a dit : «Ah salaud! C'est-y bien Dieu possible? il y a au moins quarante ans. Et je n'en veux plus aucun. J'ai déjà soixante ans d'âge.» Je lui réplique : «Va, Rosalie, je voudrais bien voir, une fois, une femme nue; déshabille-toi.» Elle dit : «Non, je n'ai pas confiance, le diable pourrait venir.» Alors j'ai dit : «La dernière fois que tu l'as fait il n'est pourtant pas venu.» Alors j'ai tiré l'échelle, de façon à ce que personne ne puisse monter. J'ai tiré mon membre et je le lui ai montré. Elle l'a regardée et m'a dit : «Il est encore plus gros que celui de mon salaud de Jean.» Je lui dis : «Rosalie, maintenant, il faut me faire voir ton con.» Elle n'a rien voulu me montrer, mais je lui ai relevé les jupes par-dessus la tête et je l'ai bien regardée...

LE CONFESSEUR : Allons, la suite, qu'est-ce qui est arrivé?

LE PAYSAN : Elle avait une grande fente au bas du ventre. C'était violet comme une quetsche tardive et au-dessus il y avait un buisson de poils gris.

LE CONFESSEUR : Je ne te demande pas cela; qu'as-tu fait?

LE PAYSAN : J'ai fourré ma saucisse dans sa fente jusqu'aux couilles qui n'ont pas pu y entrer. Dès que je fus dedans, Rosalie a commencé à remuer son ventre en avant et en arrière et m'a crié : «Prends-moi sous le cul, cochon! Mets-y les mains et remue-toi comme moi.» Alors nous avons remué tous les deux, si bien que j'ai commencé à avoir chaud, et la Rosalie s'est tellement trémoussée que, sauf votre respect, elle a déchargé cinq ou six fois. Alors j'ai déchargé une fois, sauf respect. Alors la Rosalie s'est mise à crier : «Cochon, serre-moi fort, ça vient, ça vient!» et c'est venu aussi une nouvelle fois pour moi. Mais on l'a renvoyée parce qu'une fille de l'étable nous avait entendus et avait tout raconté. Et c'est pour cela aussi que je n'ai pas envie de courir après les jeunes garces.

LE CONFESSEUR : Voilà de beaux péchés mortels. Qu'as-tu encore sur la conscience?

LE PAYSAN : J'ai toujours pensé à la Rosalie. Un jour que j'étais dans la vacherie pendant que les servantes étaient ailleurs, en train de manger, je vois qu'une vache est en chaleur. Je pense : elle a un con pareil à celui de Rosalie. Je sors ma pine et veux l'enfoncer dans la vache. Mais elle ne se tenait pas si tranquille que Rosalie. Mais je l'ai maintenue, je lui ai soulevé la

queue. Alors j'ai pu l'enfiler et ça m'a fait beaucoup plus de bien qu'avec Rosalie. Mais elle m'a
chié dessus, sauf respect, si bien que mes
couilles et mes pantalons en étaient remplis.
C'est pourquoi je n'ai plus eu envie de la baiser.

LE CONFESSEUR : Oui, mais comment en viens-
tu à des actes pareils ?

LE PAYSAN : Notre berger le fait toujours ainsi
avec ses chèvres et notre servante Lucie s'est
mise un jour par terre, dans l'étable, avec le
grand jars entre les cuisses, parce que ça fait
beaucoup de bien au ventre, a-t-elle dit à sa voi-
sine qui l'a aussi essayé.

La suite de la confession était sans intérêt. Je
sortis de ma cachette et courus dans la chapelle
voir l'aspect du pénitent. Je fus étonné de
reconnaître ce valet idiot qui, près de l'étang,
s'était si sottement prêté aux plaisanteries des
belles servantes.

Il était le dernier pénitent homme. Ma mère
se leva pour aller se confesser. Près d'elle étaient
agenouillées ma tante et la piquante Kate. Derrière se tenaient toutes les servantes. Je m'étonnai de ne pas apercevoir ma sœur Berthe. La
régisseuse avait été dispensée d'aller à confesse
à cause de sa grossesse avancée.

La confession de ma mère était très innocente
mais non sans intérêt : «J'ai encore à vous faire
une demande, mon père, dit-elle, après avoir
énuméré ses péchés quotidiens, mon mari

exige de moi, depuis quelque temps, certaines choses.

«Dans notre nuit de noces il m'avait mise nue et avait répété cela de temps en temps. Mais maintenant il veut toujours me voir nue et il m'a montré un vieux livre dont l'auteur était un religieux, dans lequel se trouve entre autres choses, ceci : "Les époux doivent accomplir l'acte charnel complètement nus, de façon à ce que la semence de l'homme se mêle plus intimement à celle de la femme." J'ai maintenant des scrupules à ce sujet, ils me sont venus à mesure que je vieillissais.»

LE CONFESSEUR : Ce livre a été écrit au Moyen Âge. La mode de porter chemise n'était pas générale. Les personnes de rang élevé seules en portaient. Les petites gens dormaient sans chemise dans le lit conjugal, et il existe encore maintenant des campagnes où cet usage a persisté. Nos paysannes, par exemple, dorment presque toutes ainsi, principalement à cause des punaises. L'Église ne voit pas cette pratique d'un bon œil, mais elle ne l'interdit pas expressément.

MA MÈRE : Je suis maintenant rassurée sur ce point. Mais mon mari me fait aussi toujours prendre certains positions dont j'ai honte.

Dernièrement il a fallu que je me mette nue à quatre pattes, et il m'a regardée par-derrière. Chaque fois il faut que je me promène nue autour de la chambre, il me donne une canne et commande : « En avant, marche ! » ou bien : « Halte ! » ou bien : « Par le flanc droit ou gauche », comme à l'exercice.

LE CONFESSEUR : Cela ne devrait pas avoir lieu mais si vous le faites seulement par obéissance, vous ne commettez pas de péché.

MA MÈRE : Ah ! j'ai encore quelque chose sur le cœur, mais j'ai honte de parler.

LE CONFESSEUR : Il n'y a pas de péché qui ne puisse être pardonné, ma fille. Soulagez votre conscience.

MA MÈRE : Mon mari veut toujours me prendre par-derrière et il se conduit d'une telle façon que je manque m'évanouir de honte. Dernièrement donc, je sens qu'il m'introduit son doigt, couvert de pommade, dans... dans... dans l'anus. Je veux me relever, il me calme, mais je sens bien qu'il introduit son membre. Cela m'a d'abord fait mal, mais je ne sais pourquoi, au bout d'un moment, cela me fut agréable, et lorsqu'il eut fini j'eus la même sensation que s'il eût agi par la voie naturelle. (Le reste fut murmuré à voix trop basse pour que je l'entendisse.)

LE CONFESSEUR : Ceci est un péché. Envoyez-moi votre mari à confesse.

Le reste de la confession n'était pas intéressant. Bientôt ma tante prit place et j'entendis son agréable voix. Elle s'accusa, à ce que je compris, d'avoir souvent manqué la confession. Mais je fus stupéfait lorsqu'elle ajouta tout bas et en hésitant qu'elle, qui jusqu'alors n'avait jamais eu de désirs charnels, avait senti des mouvements amoureux en voyant son jeune neveu au bain et qu'elle avait touché son corps avec concupiscence, mais qu'elle avait pu réfréner à temps ces mauvais désirs. Seulement, une fois encore lorsque son neveu dormait, la couverture étant tombée, on voyait ses parties viriles; elle l'avait longtemps regardé et avait même pris son membre dans la bouche. Elle disait cela avec une grande hésitation. On eût dit que les mots ne pouvaient plus sortir. Je ressentis une émotion extraordinaire.

LE CONFESSEUR : N'avez-vous jamais péché avec des hommes ou bien ne vous êtes-vous pas polluée toute seule ?

MA TANTE : Je suis encore vierge, tout au moins d'homme. Je me suis souvent regardée nue dans la glace, et avec ma main j'ai pratiqué des attouchements à mes parties pudiques. Une fois... (Elle hésitait.)

LE CONFESSEUR : Courage, ma fille ! ne cachez rien à votre confesseur.

MA TANTE : Une fois ma sœur me dit : « Notre bonne use beaucoup de bougies. Assurément elle lit des romans dans son lit et un de ces soirs elle va mettre le feu à la maison. Tu couches près d'elle, prends-y garde. » J'ai agi ainsi, le soir même en voyant de la lumière dans sa chambre. J'avais laissé la porte ouverte et j'entrai chez

Kate sans faire le moindre bruit. Elle était assise par terre, le dos à moitié tourné vers moi et elle se penchait vers son lit. Devant elle, était une chaise sur laquelle était placé un miroir, à gauche et à droite du miroir brûlaient deux bougies. Kate était en chemise et je vis distinctement dans le miroir qu'elle tenait à deux mains quelque chose de long et blanc qu'elle faisait aller et venir entre ses cuisses largement ouvertes. Elle soupirait profondément et secouait tout son corps. Tout à coup, je l'entendis crier : « Oh, oh, aah ! ça fait du bien ! » Elle penche la tête, ferme les yeux et semble complètement hors d'elle. Alors, je remue, elle fait un bond et je vois qu'elle tient une bougie qui était presque complètement cachée. Là-dessus, elle m'explique qu'elle fait cela en souvenir de son amant qui a dû partir faire son service militaire. Je m'étonnai que l'on pût agir ainsi, mais elle me supplia de ne rien révéler. Je m'en allai, mais ce spectacle m'avait tant frappée que depuis je n'ai pas pu m'empêcher, mon père, d'essayer la même chose, que depuis, hélas ! j'ai souvent recommencée. Oui, je suis tombée plus bas encore, mon père. J'ai souvent enlevé ma chemise et dans diverses positions je me suis procuré, selon son exemple, des plaisirs coupables.

Le confesseur lui recommanda le mariage et lui donna l'absolution.

Le lecteur peut aisément se figurer ce que fut la confession de Kate, d'après les confidences de ma sœur et de ma tante. J'appris, de plus, qu'elle avait de plus en plus envie d'un homme et que son amitié avec Berthe grandissait énormément. Elles couchaient souvent nues ensemble et il arrivait souvent qu'elles comparaient leurs culs dans le miroir après s'être contemplées naturellement.

Les confessions des servantes étaient toutes simples. Elles s'étaient laissé enfiler par les valets, mais sans raffinement, et elles n'avaient jamais laissé d'homme entrer dans la chambre où elles couchaient ensemble et nues. Mais cela ne leur avait pas réussi pendant les grandes manœuvres. Un régiment avait passé. Les soldats avaient des billets de logement. On en avait mis partout. Aussi toutes les servantes et même une qui était passablement vieille avaient dû se laisser enfiler, même par-derrière, ce qui leur semblait, d'ailleurs, un péché mortel. Lorsque le capucin leur demandait si elles ne s'étaient pas branlées seules ou avec une compagne, elles répondaient : « Qui voudrait passer la main dans un con puant ? » Mais elles ne trouvaient pas mal de s'être regardées mutuellement chier ou pisser et d'avoir utilisé pour jouir, des poulets, des pigeons ou des oies.

L'une s'était fait lécher une fois le con par un chien. À la demande si elle s'était fait enfiler par lui, elle répondit : « Je l'aurais fait volontiers, mais il n'était pas assez gros. »

Je pris toutes les précautions possibles pour rentrer dans ma chambre sans être vu.

CHAPITRE VII

Peu de temps après que j'étais rentré dans ma chambre, ma mère et ma tante arrivèrent et m'annoncèrent la visite de mon père, elles me dirent aussi que Berthe s'était couchée à cause d'une indisposition. Ma mère ajouta que l'indisposition n'était pas grave, qu'elle serait bientôt rétablie et que, par conséquent, il valait mieux que je n'aille point la voir.

Ceci excita ma curiosité et j'eus tôt fait de décider sur ce que je ferais. Je savais que ma mère et ma tante devaient, dans l'après-midi, aller au village avec le capucin, chez une pauvre malade et que Kate devait les accompagner pour porter un panier plein de vêtements pour cette femme.

Tandis que les dames parlaient, je les regardais attentivement et avec des yeux très différents d'avant la confession.

Elles étaient en vêtements sombres, qui faisaient ressortir les caractéristiques de leur apparence, c'est-à-dire la mine florissante de ma mère et la taille élancée de ma tante.

Toutes deux étaient aussi désirables, l'une avec sa virginité encore intacte d'un contact masculin et prometteuse de voluptés insoupçonnées, l'autre avec sa maturité excitante de femme mariée et qui s'est livrée avec plaisir à toutes les fantaisies d'un mari plein d'imagination.

Au moment où elles entrèrent j'étais en train de me laver et j'expliquai que j'avais essayé de me lever du lit, car au fond, ma maladie feinte commençait à m'ennuyer considérablement.

Ma tante qui n'avait encore vu ni ma chambre ni la bibliothèque, entra dans cette dernière. Ma mère s'en alla à la cuisine pour surveiller les préparations du repas.

Cet isolement avec ma jolie tante qui, maintenant, me semblait doublement désirable, m'excita considérablement. Mais je me ressentais encore de ma séance avec la régisseuse et je dus m'avouer que trop de hâte pourrait compromettre pour toujours mes desseins.

Marguerite, après avoir examiné la bibliothèque, s'était approchée de la table et, sans s'asseoir, regardait ce qui s'y trouvait. Elle pouvait faire d'intéressantes découvertes. Le volume O de l'*Encyclopédie* était dessus. Un signet marquait le mot « Onanisme » auprès duquel j'avais mis au crayon un point d'interrogation. Je l'entendis refermer le livre et ensuite l'*Atlas anatomique* en s'arrêtant plus longtemps sur certaines planches.

Aussi n'y avait-il rien d'étonnant à ce que ses

joues fussent, lorsque j'entrai, couvertes d'un rouge intense.

Je fis semblant de ne pas m'apercevoir de sa confusion et lui dis doucement : «Tu dois aussi t'ennuyer quelquefois ma petite tante. Le prêtre qui naguère logeait ici, avait des livres très intéressants au sujet de la vie humaine. Tu peux en emporter quelques-uns dans ta chambre.» Je pris deux livres : *Le Mariage dévoilé*, *Amour et mariage* et les lui mis dans la poche. Comme elle faisait des manières, j'ajoutai : «Naturellement, cela reste entre nous, nous ne sommes plus des enfants. N'est-ce pas petite tante?» Et je lui sautai brusquement au cou en lui donnant un baiser sonore.

Elle avait un joli chignon et une nuque délicieuse. Les beaux chignons et les jolies nuques m'ont toujours mis hors de moi, aussi je posai sur sa nuque de gros baisers qui me grisèrent complètement.

Mais chez Marguerite, la confession faisait encore son effet. Elle me repoussa, mais sans violence, et s'en alla, emportant les livres dans sa poche, après avoir jeté encore un coup d'œil sur ma chambre.

L'après-midi, j'avais entendu le religieux s'en aller avec les dames. Je décidai de chercher Berthe pour lui demander la raison qui l'avait fait simuler une indisposition, afin de sauter la confession.

Mais il n'en était pas ainsi. Elle était couchée

et semblait réellement malade. Elle se réjouit pourtant de ma visite.

Ma polissonnerie naturelle ne tarda pas à se réveiller. Mais lorsque je voulus la toucher sous les couvertures, elle se tourna en disant : « Non, Roger, depuis avant-hier, j'ai mes affaires… tu sais bien…, et j'ai trop honte. — Ah ! dis-je, tes menstrues, ainsi tu n'es plus une fillette, mais une femme. Je suis aussi devenu un homme, Berthe », ajoutai-je fièrement et, me déboutonnant, je lui montrai mes poils et mon vit décalotté. « Et je l'ai fait aussi, tu sais ! mais je n'ai pas le droit de dire avec qui.

— Tu l'as fait ? demanda Berthe, mais quoi donc ? »

Alors j'expliquai le coït à ma sœur attentive.

« Et tu sais, papa et maman le font aussi toujours.

— Va donc, c'est trop dégoûtant. » Elle dit cela d'un ton qui signifiait le contraire, et j'ajoutai : « Dégoûtant ? Pourquoi donc ? Pourquoi donc deux sexes ont-ils été créés, Berthe ? Tu ne peux pas croire comme ça fait du bien, beaucoup plus de bien que quand on le fait tout seul.

— Oui, ça m'a semblé toujours meilleur lorsque Kate me branlait que lorsque je le faisais seule. Et avant-hier, ah ! je croyais être au ciel. Alors Kate m'a dit : "Maintenant ça t'est aussi venu, Berthe, fais attention, tu vas bientôt avoir tes affaires." Ce même jour j'ai eu mal au ventre et tout à coup quelque chose d'humide m'a coulé le long des cuisses. J'ai été très effrayée quand j'ai vu que c'était du sang ! Kate s'est mise à rire et a été chercher maman, qui m'a regardée et a dit : "Mets-toi au lit ma Berthe, tu auras cela tous les mois, pendant trois ou quatre jours. Il faudra changer de chemise lorsque ça cessera de saigner et ne pas te laver avant, sans cela ça ne cessera pas. Tu ne porteras plus de robes de fillette." Je vais avoir de longues robes comme maman et ma tante, conclut Berthe non sans orgueil.

— Allons, Berthe, faisons-le, et je l'embrassai et la pressai contre moi.

— Ne me fais pas de mal à la poitrine, dit Berthe, je suis maintenant très sensible. » Mais elle ne s'opposa pas à ce que j'ouvrisse sa chemise pour voir ses petits tétons dans la première période de leur développement.

C'était une paire de petits monticules qui m'apparurent comme ceux d'une jeune Psyché ou Hébé. Mais pourtant ils avaient déjà la forme classique, ne montraient aucun signe d'affaissement et tendaient deux petits bonbons roses.

Je lui dis des choses tendres et elle se laissait volontiers embrasser et même sucer ; mais cela l'excitait.

Après quelques refus elle me permit de voir son con, mais elle roula auparavant sa chemise ensanglantée.

Elle avait déjà beaucoup plus de poils que moi. Un peu de sang aqueux coulait sur ses cuisses ; certes, ce n'était pas très appétissant, mais j'étais trop excité pour y prendre garde.

Elle tenait les cuisses serrées, mais mon doigt trouva bientôt son clitoris. Ses cuisses s'ouvrirent sous la pression de ma main. Enfin je pus mettre mon index dans son con humide, mais pas très loin, car elle se contractait. J'appuyai contre son hymen, au milieu duquel il y avait déjà un petit trou. Berthe poussa un petit cri de douleur et se contracta encore.

Très excité, je me déshabillai, levai ma chemise et me mis sur ma sœur pour pénétrer dans son con avec mon membre toujours plus dur. Berthe protesta à voix basse, se mit à pleurer, poussa un petit cri lorsque je fus bien entré dans son vagin. Mais la courte douleur sembla bientôt se changer en volupté. Ses joues étaient échauffées, ses jolis yeux brillaient, sa bouche était à demi ouverte. Elle m'enlaça et répondit avec force à mes secousses.

Avant que j'eusse fini, le nectar se mit à couler de son con. Ses yeux se fermèrent à moitié et clignotèrent nerveusement ; elle criait fort, mais de volupté : « Roger, ah ! ah ! ah ! Ro-o-ger, — je... — je... aah ! » Elle était complètement hors d'elle. J'avais dépucelé ma sœur.

À cause du coup que j'avais tiré le matin et aussi à cause de mon excitation je n'avais pas encore déchargé. À la vue de la volupté de ma sœur, je fus encore plus excité et je me pressai, mais je sentis brusquement quelque chose de chaud dans le con de Berthe, je me retirai et il sortit une coulée sanglante, mélange de mon sperme et du sang produit par le déchirement de l'hymen et par la menstruation.

Nous fûmes tous deux très effrayés, mon membre était tout couvert de sang qui collait aussi à mes poils et à mes couilles.

Mais notre terreur ne connut plus de bornes lorsque nous entendîmes une voix qui disait : « Ah ! ce n'est pas mal ! les jeunes gens font une jolie conversation. » Kate se tenait près de nous.

Elle avait oublié quelque chose et on l'avait renvoyée pour le chercher. À cause de notre occupation absorbante nous ne l'avions pas entendue monter l'escalier, mais elle nous avait, paraît-il, regardés quelque temps du dehors et était entrée en ouvrant doucement la porte pendant l'extase voluptueuse de Berthe.

Son visage polisson reflétait l'excitation causée par ce qu'elle avait vu et entendu. Berthe et moi étions si étonnés que pendant quelques instants, nous ne pensâmes pas à remédier à notre désordre. Kate eut tout le temps de regarder le fort saignement de Berthe et l'affaissement de mon vit que la terreur avait fait débander.

« Lorsqu'on fait une chose pareille, dit en riant Kate, il faut avant tout fermer la porte ! » et elle alla pousser le verrou.

« Berthe, ta maman a oublié de te dire qu'on

ne doit pas le faire pendant que l'on a ses affaires.

« Mais je sais bien, ajouta-t-elle en éclatant de rire, que c'est alors qu'on en a le plus envie.

« Mets seulement un linge sec entre tes jambes et reste tranquillement couchée.

« Mais cette chemise ne doit pas aller dans le linge sale, à moins que tu n'aies aussi tes affaires, Roger. »

Je vis alors que ma chemise était tachée de sang. Kate mit de l'eau dans une cuvette et s'approcha de moi.

« Heureusement que ça s'en va facilement, dit-elle, lève-toi, Roger, je vais te laver. »

Je me mis debout devant elle pour qu'elle trempât la chemise, mais ce n'était pas facile. Alors elle enleva tout de go la chemise, de façon à ce que je fusse nu devant les deux jeunes filles.

Elle lava la chemise en se moquant :

« Viens donc ! » ajouta-t-elle sérieusement et elle me lava avec l'éponge.

À ce contact, mon vit commença doucement à se soulever. Kate disait : « Ah ! méchant vit qui est entré dans le con de Berthe. » Et elle lui donnait de petites claques avec la main. Tout à coup, elle m'empoigna avec le bras gauche, me mit sur ses genoux et me fessa de toutes ses forces. Je me mis à crier. Berthe se tordait de rire.

Les fesses me brûlaient, mais je sentais une

excitation plus forte que celles que j'avais ressenties jusque-là.

Déjà, autrefois, lorsque j'avais dix ans, ma mère, à cause d'une bêtise que j'avais faite, m'avait pris entre ses cuisses, ôté mes culottes et avait tapé dur sur mes petites fesses, de telle façon qu'après la première douleur, j'avais conservé toute la journée un sentiment de volupté.

Lorsque Kate regarda mon vit de nouveau très présentable, elle se mit à rire : « Oh ! oh ! quelle grosse manivelle il a Roger, il faut tourner la manivelle, il faut tourner la manivelle ! » Elle prit mon vit dans sa main, le serra et le décalotta. Je n'y tins plus. J'empoignai Kate aux tétons, elle fit semblant de se défendre. Je mis alors la main sous ses jupes. Elle ne portait pas de pantalon. J'empoignai son abricot. Elle voulait se retirer, mais je la tenais aux poils. Avec le bras gauche j'enlaçai son cul. Je m'agenouillai et lui enfonçai dans son con chaud, le pouce de ma main droite, en le faisant entrer et sortir.

Cela lui faisait du bien, ce n'était pas niable, elle se défendait mollement et s'approcha du lit de Berthe qui, pour ne pas avoir honte devant Kate, m'aida en l'empoignant au cou pour la coucher sur le lit.

Kate perdit la tête, tomba sur le lit. Je lui soulevai la robe et mis son con à nu. Ses poils étaient roux, mais pas aussi épais que je l'eusse cru d'après les renseignements de Berthe, mais assez longs et humides de sueur.

Sa peau était blanche comme du lait et douce comme du satin. Ses blanches cuisses étaient agréablement arrondies et portaient joliment des bas noirs qui renfermaient une paire de mollets fermes et ronds.

Je me jetai sur elle, poussai mon vit entre ses cuisses, pénétrai doucement dans son con, mais j'en ressortis aussitôt. Mes pieds ne trouvaient pas de point d'appui. La position était trop incommode.

Mais Kate, qui maintenant était en chaleur, sauta debout, me poussa sur la chaise, près du lit, et se jeta sur moi. Avant que j'eusse le temps de me reconnaître, mon membre était enfermé dans son con.

Je sentais ses longs poils contre mon ventre. Elle se remuait et me tenait les épaules. À chaque mouvement ses grandes lèvres tranchaient mes couilles.

Elle enleva d'elle-même son léger casaquin de percale et me dit de jouer avec ses nichons, parce que ça lui faisait du bien, disait-elle.

Ses tétons étaient naturellement plus développés que ceux de Berthe et plus durs que ceux de la régisseuse, bien qu'ils ne fussent pas de beaucoup aussi gros. Ils étaient aussi blancs que ses cuisses et son ventre et avaient deux grosses pointes rouges, entourées d'une couronne plus jaune sur laquelle étaient de petits poils.

La crise s'approchait chez Kate très excitée. Dans la violence de ses mouvements, mon vit était sorti deux fois de son con et en le rentrant elle me faisait très mal, bien qu'à elle cela semblât lui faire beaucoup de plaisir.

Je restai en retard sur elle, tandis qu'elle criait d'une voix extasiée : « Maintenant... maintenant... maintenant... ça me vient... Ah ! Oh ! Oh ! mon Dieu... ton vit me fait du bi-i-en. » En même temps elle déchargea et je m'en aperçus à l'augmentation de l'humidité de son con. Au dernier moment de son extase, la sensible femme de chambre me mordit à l'épaule.

En sentant sa bouillante éjaculation, je remarquai que la catastrophe approchait aussi chez moi.

Kate avait rapidement repris ses esprits.

« Roger, ta queue devient toujours plus brûlante, tu vas décharger maintenant. » Et elle se dressa brusquement, saisit de la main droite mon vit humide de son sperme et se mit à le frotter violemment, en disant : « Sans cela je pourrais devenir enceinte. »

Je m'étais levé aussi ; Kate me pressait contre elle avec son bras gauche ; je suçai ses tétons. Je dus ouvrir les jambes. Mon ventre se secouait convulsivement, complètement nu devant les deux curieuses filles. Tout à coup mon jet partit.

Berthe avait regardé attentivement l'éjaculation et contemplait avec curiosité le liquide blanc qui était tombé sur le lit.

La raffinée, pendant que je déchargeais, me chatouillait le cul en m'encourageant : «Voilà, mon Roger, tu décharges gentiment, ça y est... ça y est. »

Ma jouissance avait été indicible.

Ensuite je retombai sur la chaise. Kate faisait comme si rien ne s'était passé. Elle mit tout en ordre, m'essuya la queue avec son mouchoir, reboutonna sa casaque, prit son panier et nous dit avec sa gaieté habituelle : «Dieu soit loué, que ça se soit passé ainsi ! Maintenant soyez prudents. Toi, Berthe, reste tranquillement couchée et toi, Roger, descends maintenant ! »

Elle s'en alla et je regagnai ma chambre après m'être rhabillé et avoir embrassé Berthe.

CHAPITRE VIII

Les événements de la journée m'avaient laissé complètement harassé. Je n'avais d'autre désir que le repos.

Lorsque je m'éveillai le lendemain matin, j'étais couché sur le dos, dans une position qui régulièrement me faisait bander. Bientôt j'entendis des pas s'approcher. Je voulus faire une farce à la régisseuse. Je soulevai ma chemise, jetai mes couvertures en faisant semblant de dormir.

Mais au lieu de la régisseuse, ce fut sa belle-sœur. C'était une femme de trente-cinq ans, c'est-à-dire l'âge où les femmes sont les plus chaudes.

Dans sa jeunesse elle avait été femme de chambre. Ayant épousé un vieux valet de chambre, qui avait de belles économies, elle vivait avec son mari et ses trois enfants (un garçon et deux filles de dix, onze et treize ans) chez son frère le régisseur.

Mme Muller n'était ni belle, ni laide, grande, élancée, elle avait le teint foncé, des cheveux noirs comme ses yeux. Elle semblait intelligente et digne d'un coup de queue.

Évidemment on pouvait être sûr qu'elle avait vu plus d'une bitte. Par conséquent elle pouvait aussi voir la mienne et c'est pourquoi je ne remuai pas.

Mme Muller posa le café sur la table de nuit, puis m'apercevant les armes en avant elle eut un instant d'étonnement. Mais c'était une femme résolue, sans pruderie vaine. Elle me regarda quelques instants avec attention et même avec un certain plaisir. Alors elle toussa pour me réveiller et comme je m'étirais de telle façon que mon vit devenait encore plus insolent, elle s'approcha du lit, me regarda un moment et ramena les couvertures sur moi en disant : « Votre café, monsieur Roger. »

J'ouvris les yeux, lui souhaitai le bonjour en lui faisant un compliment sur sa bonne mine, etc., puis tout à coup, je sautai du lit, l'empoignai et lui assurai qu'elle était la plus belle femme de tout le Château.

Elle se défendait mollement et, passant la main sous ses jupes, j'empoignai une motte très poilue. Puis j'enfonçai le doigt dans son con. Il était sec comme chez toutes les femmes chaudes, mais mon doigt le rendit bientôt humide. Son clitoris était très dur.

« Mais qu'est-ce qui vous prend ? Cessez donc ! Si mon mari savait cela !

— M. Muller est dans la chapelle.

— Ah! oui, il y prie toute la journée, mais retirez-vous, vous me faites mal…, ma belle-sœur pourrait venir…, elle m'attend… Assez! Je reviendrai ce soir…, maintenant on n'est pas tranquilles…, mon mari part aujourd'hui passer deux ou trois jours à la ville. »

Sur cette promesse elle s'en alla. Le soir, après avoir bien mangé, je portai dans ma chambre du vin, du jambon et du dessert. Le Château s'endormit bientôt. Enfin, ma porte s'ouvrit. Mme Muller entra et mon cœur se mit à battre. Je l'embrassai en lui mettant la langue dans la bouche, elle me le rendit. Je me déshabillai rapidement et lui montrai mon vit en bonne condition.

« Ne vous excitez pas tant, dit-elle, sans cela, on jetterait la poudre aux moineaux. »

Elle verrouilla la porte. Je l'empoignai à la motte et la trouvai légèrement enflée, le clitoris était dur. Je la mis en chemise et la lui soulevai très haut. À son aspect on eût dit une femme maigre. Il n'en était rien. Elle était très bien en chair, les poils étaient noirs et lui montaient jusqu'au nombril.

Elle devait s'être lavée, car son con n'exhalait aucune odeur. Alors je le mis nue et m'étonnai de la fermeté de ses tétons qui n'étaient pas très gros et dont les tétins étaient entourés de légers poils bruns.

En lui soulevant les tétons, je vis qu'au-dessous elle avait aussi des poils courts, fins et noirs. Ses aisselles étaient de même couvertes d'un buisson de poils aussi épais que chez les hommes.

En la regardant je m'émerveillai de son cul, dont les fesses très relevées se serraient l'une contre l'autre. Sur l'échine, elle avait de même des poils légers et noirs qui montaient jusqu'au haut du dos. Cette riche toison me fit encore plus bander.

Naturellement, je jetai ma chemise, et me jetai sur la belle femme qui faisait des mouvements, de façon à ce que mon vit venait taper contre son ventre.

Nous étions placés de telle sorte que nous nous voyions tout entiers dans la glace. Je la menai vers le lit où elle s'assit en disant : «Je sais que vous voulez me voir tout entière.» Elle souleva les jambes et montra son con poilu jusqu'au cul. J'y mis aussitôt ma langue et m'y attardai. Les lèvres s'enflèrent. Lorsque je voulus y mettre mon vit, elle me dit en riant : «Pas comme ça, mettez-vous sur le lit.»

Je la priai de me dire «tu» et de me le permettre aussi. Je me mis sur le lit. Elle se mit sur moi et j'avais tout son beau corps devant les yeux. Elle me dit de jouer avec ses tétons. Puis elle empoigna ma bitte, la promena un peu contre son con dans lequel elle me supplia de ne pas décharger, puis brusquement elle s'entra mon vit jusqu'aux couilles. Elle chevauchait avec tant d'ardeur que cela m'était presque douloureux.

Pendant ce temps, elle déchargea, je sentis la chaleur de son con, je l'entendis gémir et ses yeux se révulsèrent.

Ça venait aussi chez moi, elle le remarqua et se releva vivement.

« Retiens-moi, mon ami, dit-elle d'une voix encore tremblante de volupté, je sais encore quelque chose qui te fera plaisir sans me rendre enceinte. »

Elle se tourna. J'avais maintenant son cul devant les yeux. Elle se pencha et prit mon vit dans la bouche. Je fis comme elle, ma langue pénétra dans son con. Je léchai le sperme féminin, qui avait le goût d'œuf cru. Le jeu de sa langue contre mon gland devenait toujours plus fort, une de ses mains me chatouillait les couilles et le cul, tandis que l'autre me serrait le vit.

Le plaisir devint si grand que je me raidis tout entier. Elle enfonça mon vit dans sa bouche autant qu'il était possible. Ses parties les plus secrètes étaient devant mes yeux. J'empoignai ses cuisses et ma langue se plongea dans son trou du cul. Je perdis les sens et déchargeai dans sa bouche.

Lorsque je revins de mon extase momentanée, elle s'était couchée près de moi et avait ramené la couverture sur nous. Elle me caressait en me remerciant du plaisir que je lui avais donné et me demandait si j'en avais eu autant.

Je dus avouer que cette position m'avait

encore plus fait jouir que le coït normal. Puis je lui demandai pourquoi elle ne m'avait pas laissé décharger dans son con puisqu'elle était mariée.

« Justement à cause de cela, dit-elle, mon mari est impuissant et s'apercevrait aussitôt que je le trompe. Ah ! Dieu ! tout ce qu'il me faut supporter avec lui. »

Je la priai de me dire tout. Elle me raconta que son mari ne pouvait bander que si elle lui battait le cul à coups de verges jusqu'au sang.

Elle devait aussi se laisser fesser par lui, mais rien qu'avec la main, et maintenant elle y était tellement habituée, que ça lui faisait plutôt plaisir que mal. Elle devait aussi pisser devant son mari, chier même, car il voulait tout voir ! c'est surtout quand elle avait ses règles qu'il était le plus excité.

Lorsqu'elle lui avait foutu cinquante ou même cent coups, elle devait se presser d'enconner son membre à demi-mou, sans cela il débandait de suite, sauf lorsqu'elle lui léchait le cul ou se laissait lécher par lui entre les doigts de pied. Alors il bandait dur, mais toutes ces choses étaient très désagréables.

« Et avec cela, ajouta-t-elle, en manière de conclusion, le vieux coquin est toujours fourré dans les églises. »

Ce récit surprenant avait réveillé les esprits animaux de ma bitte. Mme Muller hâta cette résurrection en chatouillant mes couilles. Elle me fit mettre entre ses jambes et se tourna alors sur le côté. Ses jambes étaient croisées sur mon cul et nous étions sur le côté face à face. Cette position était très agréable, car elle permettait de s'enlacer. Je pouvais aussi sucer ses tétons.

J'avais dans la main son con enflé et devenu étroit par la volupté. Nous nous mîmes mutuellement le doigt dans le trou du cul. Je laissai ma bitte glisser dans son con et je commençai à donner des secousses comme avant. Je suçai ses tétons. Mon doigt se remuait dans son cul que je sentais palpiter. Elle se mit à crier en déchargeant une nouvelle fois. Elle avait empoigné mes couilles par-derrière, si fort, qu'elle me fit mal et que je la priai de me lâcher.

Après m'avoir caressé gentiment elle se mit le visage contre le lit pour que son cul pût faire le beau. Je la fis mettre à genoux, le cul en air, puis je crachai dans son trou du cul et y enfonçai ma bitte sans peine. Je sentais à chaque secousse mes couilles battre son con.

Cela lui faisait plaisir, disait-elle. Je pouvais toucher son con poilu d'une main et de l'autre empoigner ses tétons. Au moment où j'allais décharger, je me retirai, mais le muscle de son cul se resserra autour de mon gland et je lui déchargeai en plein dans le cul. Elle n'avait pas encore été dépucelée de ce côté et me dit que ça lui avait fait beaucoup plus de bien qu'au début, car cela lui avait assez fait mal.

En sentant ma bitte durcir dans son cul, la

volupté s'était éveillée en elle et elle avait déchargé en même temps que moi.

« Mais pour aujourd'hui, c'est assez », décida-t-elle en souriant. J'en avais assez. Je lui offris du dessert, mais elle m'invita à prendre un petit verre de liqueur chez elle. Ensuite je revins me coucher.

CHAPITRE IX

Un jour, ma mère décida que toutes les servantes coucheraient au dernier étage du Château, sous les toits. Elles se mirent à s'installer, là-haut, pour le soir même.

Je les regardai faire.

Au moment où l'une d'elles, avec son matelas dans les bras, montait doucement les dernières marches, j'allai derrière elle et lui soulevai les cottes.

J'empoignai d'abord une paire de fesses très dures, je les pressai contre moi et enfonçai mon pouce dans son con qui était humide. Elle ne poussa aucun cri et se retourna en souriant comme flattée de ma galanterie, maintenant qu'elle me reconnaissait. C'était la brune Ursule, je l'emmenai au dernier étage où je l'embrassai.

Au premier baiser, elle sembla prendre fort bien la chose et elle me rendit le second. Alors je l'empoignai aux tétons et j'eus bientôt dans la main les dures demi-boules avec la pointe brune. Un geste rapide de la main gauche, sous la légère et courte robe, et j'eus sa motte, fortement poilue, en plein dans la main.

Elle serra les cuisses et se pencha un peu en avant. Je pris un tétin dans la bouche et je le suçai, tandis que mon doigt jouait avec son clitoris, que je découvris dans un état aussi excitable que possible. Bientôt ma main se glissa entre les cuisses et un, deux, trois doigts pénétrèrent dans le con.

Elle voulait s'en aller, mais je la poussai contre la muraille. Je sentais tout son corps frémir sous son léger vêtement. Vite je sortis mon vit et le poussai dans le con. La position était incommode, et comme la jeune fille était grande et forte, je n'aurais pas pu la baiser si elle n'y avait mis du sien.

Je la baisai ainsi debout. Elle devait être très chaude, car ça lui vint très vite. Pour moi aussi, j'étais sur le point de décharger à cause de la position qui était très fatigante, mais nous entendîmes du bruit dans les chambres et Ursule se dégagea. Mais le bruit cessa bientôt. Alors je lui montrai mon vit d'un rouge sombre et tout humide de sa décharge. Elle le regarda avec attention, car c'était la première fois qu'elle voyait le vit d'un monsieur de la ville, disait-elle.

«Allons, laisse-moi voir», lui dis-je.

Elle le fit pudiquement. Je levai sa jupe et pus voir ses jambes nues très bien faites et entre les cuisses dures, une sérieuse toison noire. Grâce à Dieu, elle ne portait pas de pantalon comme les dames de la ville qui font les mijaurées quand on leur tripote le con, ce que, d'ailleurs, elles aiment autant, sinon plus que les paysannes. Je me reculai en tenant sa jupe et sa chemise, puis je me rapprochai et promenai mes mains sur son ventre et ses cuisses.

Ensuite, je mis mon nez dans son con qui sentait l'œuf — à cause de sa récente décharge — et la pisse. Comme je portais ma langue sur son clitoris, elle se mit à rire et laissa retomber sa jupe. Mais je la tins fort et continuai à léchotter tout son corps sous ses jupes et cela me faisait bander davantage. Mais comme le bruit recommença, Ursule se dégagea pour de bon.

Je dus m'en aller, mais comme elle se retournait, je soulevai encore une fois ses jupes par-derrière et je mis à nu son vraiment superbe cul, d'une fermeté admirable.

«Encore un peu, Ursule», dis-je en la tenant ferme par la chemise.

Je baisai ses fesses, les maniai, les ouvris et sentis son trou du cul qui n'exhalait aucune odeur de merde, mais seulement celle de la sueur. Mais elle se dégagea définitivement en observant qu'elle ne comprenait pas comment un monsieur comme moi pouvait avoir plaisir à sentir les endroits puants d'un corps de paysanne.

Le soir, à dîner, je demandais bas à Berthe si je ne pourrais pas la baiser. Elle me dit que non. Je montai pour voir si je ne pourrais pas trouver une occasion de faire ce dont j'avais une grosse envie. Mais je ne trouvai rien.

Mon lit était déjà découvert, je me déshabillai et me couchai tout nu sur le ventre, étendis un mouchoir dessous, embrassai mon oreiller et me polluai ainsi en pensant à ma tante, à ma sœur, à tous les culs et cons de ma connaissance. Ensuite, je me reposai un peu, puis je recommençai ce branlage. Au moment où je sentais venir le sperme, j'entendis une voix derrière la porte qui disait : « Monsieur Roger, dormez-vous déjà, je vous apporte de l'eau. »

Je me levai, passai ma robe de chambre et ouvris. C'était une fille de cuisine nommée Hélène. Dès qu'elle fut entrée, je verrouillai la porte. Mon désir était si grand, que mon membre s'agitait comme un pendule.

J'empoignai aussitôt la belle paysanne joliment vêtue, au cul qu'elle avait très dur, et à ses gros tétons, en lui donnant une paire de baisers savoureux.

Elle prit tout de la bonne façon, mais lorsque j'en vins au con, elle me dit en rougissant : « J'ai mes affaires. » C'était malheureux. Je bandais comme un carme et elle me regardait le vit avec complaisance. Elle le maniait aussi très gentiment. Au moins je pouvais m'amuser avec ses tétons. J'ouvris sa camisole et les deux tétons me vinrent dans les mains. Ils étaient comme la fille, entièrement couverts de taches de rousseur, mais on ne pouvait leur adresser d'autre reproche.

Je ne lui laissai pas de paix qu'elle ne m'eût laissé voir, bien que mal volontiers, son cul et son con dont les poils roux et frisés étaient maintenant collés par le sang. Je la poussai sur une chaise et la laissai placer mon vit entre ses tétons. Ce fut très pratique, il disparaissait entre les seins dont la chair grasse était très agréable. C'eût été mieux si la voie avait été plus humide. Je le lui dis. Elle cracha sur mon vit entre ses tétons, ensuite elle y mit mon vit et pressa fortement sur ses seins. On apercevait en haut le gland et les couilles lui pendaient sous la poitrine.

Alors je commençai à me remuer en lui disant des mots tendres et en lui tapotant le visage ou bien encore en jouant avec les frisons de sa nuque. Il s'ensuivit une puissante décharge, qu'elle regarda attentivement, car le fait était aussi nouveau pour elle que pour moi.

Après m'être satisfait, je lui fis cadeau d'un foulard de soie qu'elle prit avec une grande joie en s'excusant de son état. Elle ajouta que les filles qui travaillaient avec elle à la cuisine allaient se coucher tard, mais que le matin, elle dormait beaucoup plus que les autres qui, de très bonne heure, allaient à la vacherie. Si je montais là-haut, je trouverais mieux à me satisfaire.

Son renseignement me plut infiniment. Le lendemain je prétextai l'installation d'un colombier sous le toit pour avoir l'occasion de monter dans les soupentes des bonnes. Mais je n'en vins pas encore à mes fins, car j'étais toujours dérangé.

Je pus attraper une fois Berthe et une fois Kate au cabinet, et leur regarder le con. Mais, comme à cause du mauvais temps, ma mère et ma tante causaient assidûment, ni Berthe ni Kate n'osaient aller plus loin que de me tâter le vit en passant.

Pour passer plus agréablement le temps, j'avais fait un trou à la cloison du cabinet qui consistait en un trou dans le sol. Et je pouvais passer l'après-midi à regarder toutes les filles et les dames chier, pisser et péter. Je pouvais voir leurs culs, trous du cul et cons dans toute leur splendeur et je vis qu'il n'y avait entre leurs aspects que la différence de couleur des poils et de la corpulence. Je me convainquis de la véracité du mot attribué à un garçon de ferme. Une comtesse l'avait admis à la baiser et, comme on lui en parlait, il répondit : « La chemise était plus fine, mais, sauf cela, tout était comme chez les autres femmes. »

Je pus voir tous les culs et cons du Château et le spectacle que m'offraient même les femmes que j'avais déjà baisées, me faisait toujours plaisir.

Pendant ce temps j'avais fait cadeau à Ursule d'un joli fichu, car ce n'était pas de sa faute si je n'avais encore pu la baiser complètement. Les

autres filles l'avaient remarqué et toutes deve-
naient très gentilles pour moi, car elles n'étaient
pas sottes et comprenaient qu'il était très
agréable d'être baisées et de recevoir encore
un cadeau par-dessus le marché.

C'est ainsi que me le dit l'une d'elles, un
matin où tout était dans un profond repos,
troublé seul par le bruit lointain des allées et
venues dans l'étable.

J'étais monté et avais trouvé une porte non
verrouillée qui donnait dans deux chambres à
coucher.

Dans la chambre régnait une atmosphère
pleine d'odeurs mêlées, exhalées par les corps
des servantes, dont les vêtements pendaient à la
muraille ou sur le pied du lit. Ces odeurs étaient
d'abord très désagréables, mais dès qu'on s'y
était habitué on les trouvait plutôt excitantes
que suffocantes, c'était la véritable *odor di
femina* :

Le parfum qui fait bander.

Les lits, faits à l'ancienne mode, étaient à
deux places. Ils étaient tous vides sauf un, où
une fille ronflait très fort.

Elle gisait sur le côté, tournée vers la muraille.
Un pied était sur le bois du lit et son cul était
d'autant plus exposé à mes regards qu'elle était
toute nue.

Sa chemise grossière était posée près d'elle

sur une chaise de bois avec ses autres vêtements. La dormeuse s'appelait Babette et ne pouvait supposer qu'on la voyait ainsi des pieds jusqu'à la tête. Sa peau aurait pu être plus fine, sa charpente était grossière, mais pas maigre.

J'approchai mon visage de son cul et sentis sa sueur pénétrante. Son trou du cul gardait encore quelques traces de sa dernière selle. Au-dessous on voyait très bien sa fente fermée, couronnée par des poils châtains.

Je la chatouillai doucement aux fesses et au con. Dès que j'eus mis le doigt dedans, elle fit un mouvement et se retourna. Je pus la contempler par-devant. Sa toison était frisée et sentait fortement la pisse, ce que je remarquai en mettant le nez dedans.

Il faut dire que ces servantes ne se lavaient le con que le dimanche. Il y a d'ailleurs beaucoup de dames très bien qui n'ont pas le temps de le faire plus souvent. Mais cette odeur m'excita et je bandais déjà.

Je verrouillai la porte et me mis tout nu. Puis je lui écartai les cuisses. Elle entrouvrit les yeux. «Babette, dis-je, en fourrant trois doigts dans son con, tu es ma petite chérie, regarde comme je bande.»

Elle se remua, me montra avec la main l'autre chambre, en disant : «Ursule est aussi là.

— Ça ne fait rien, avant qu'elle se réveille, nous avons le temps de tirer un coup. Regarde, ceci est pour toi.»

Et je lui donnai une petite bague en toc, que j'avais achetée à un colporteur. Puis je m'agenouillai sans rien dire autre, entre ses jambes qu'elle ouvrit volontiers. Je la laissai jouer avec mon vit et mes couilles tandis que je lui chatouillais le con. Quand elle fut à point, je l'enfilai jusqu'aux couilles, soulevai ses fesses, chatouillai son trou du cul. Elle me prit au cou et nous nous plongeâmes dans un délire de volupté qui, après un court engagement, se termina par une violente décharge des deux parts.

Pendant l'action, elle avait fortement transpiré et son odeur saine de jeune campagnarde me faisait souhaiter de retirer un second coup. Je pensais à l'enfiler en levrette. Mais elle eut peur d'être enceinte. D'ailleurs, elle devait se lever car c'était le jour où Ursule pouvait dormir plus longtemps. Je l'avais complètement oubliée et Babette rit beaucoup, lorsque je dis que je voulais l'éveiller.

Tandis que Babette s'essuyait le con avec sa chemise, je passai dans l'autre chambre où Ursule dormait encore profondément.

Celle-ci était nue, mais recouverte jusqu'à la poitrine. Elle était sur le dos, les deux bras sous la tête, de façon qu'on pouvait voir les épais buissons noirs de ses aisselles. Ses jolis tétons ressortaient bien mieux à cause de la position de ses bras, des deux côtés desquels pendaient de façon charmante, les boucles de ses cheveux longs et épais. Tout était délicieux dans ce tableau. Dommage qu'elle ne fût qu'une paysanne et je ne comprends pas comment un homme peut préférer à la beauté naturelle d'une paysanne, les appas apprêtés d'une dame.

Sa chemise très propre était près d'elle. Je la sentis et m'étonnai de l'odeur de santé dont elle était imprégnée.

Tout doucement, je tirai la couverture et l'admirai toute nue. Je restai un moment étonné de l'aspect merveilleux de ses membres bien proportionnés, de sa motte très poilue, dont les poils noirs allaient des lèvres jusqu'aux cuisses. Elle se réveilla pendant que je l'embrassais sur la poitrine. Elle s'effraya et, d'abord se couvrit la motte avec la main. Puis en me reconnaissant, elle me sourit gentiment.

À ce moment, Babette parut à la porte, en disant : « Ursule, reste couchée, je ferai ton travail. » Et elle s'en alla.

J'embrassai Ursule jusqu'à ce qu'elle fût bien en chaleur. Je lui demandai de se lever et j'admirai son beau corps des pieds à la tête et de tous les côtés, en la faisant marcher dans la pièce. Puis je la pris dans mes bras très fort et nous nous tînmes longtemps ainsi enlacés.

Je plaquai mes deux mains sur ses fesses et poussai son ventre contre le mien. Elle pouvait sentir la fermeté de mon vit et ses poils chatouillaient mes couilles.

Le jeu lui plut. Elle m'entoura le cou ; sa poitrine pressait la mienne. Je lui tirai les poils de ses aisselles. Elle devint tout à fait excitée. Je mis ma main dans son con qui était enflé et humide. Son clitoris était tout à fait dur.

Nous nous mîmes au lit. Je la fis mettre à genoux et tenir le cul en l'air. Je visitai fiévreusement son trou du cul. Son con, couronné de poils noirs, s'entrouvrait. Je regardai avec plaisir sa fente bien rouge, puis je frottai mon gland contre les lèvres.

Cela lui fit plaisir. Elle secondait mes mouvements, doucement je laissai tout entrer, puis me retirai en recommençant, jusqu'au moment où je sentis que ça viendrait bientôt.

Elle jouissait comme une enragée, son con, complètement enflé, serrait fortement mon membre. Je le fis pénétrer complètement dedans, me pressai contre son cul, empoignai ses tétons et me secouai comme un fou. J'étais tout à fait hors de moi. Elle gémissait à chaque secousse. D'une main je pressai ses tétons, l'autre chatouillait son clitoris. Nous déchargeâmes en même temps. J'entendais mon vit claquer dans son con mouillé. Nous restâmes comme morts.

Quand je me retirai, je bandais encore. Elle avait honte, parce qu'elle ne se l'était jamais fait faire dans cette position.

Ce qui lui avait fait le plus plaisir, c'était les battements de mes couilles au bas de son dos. Je n'étais pas encore apaisé et je serais resté encore avec cette fraîche et jolie fille. Je l'aurais, si j'avais pu, épousée.

Elle me dit qu'il fallait qu'elle descendît. Elle remit sa chemise et je l'aidai à s'habiller. Elle souriait amicalement. Je la regardai de tous côtés encore une fois avant de m'en aller. Je promis de lui acheter un beau souvenir et elle s'engagea à venir passer une nuit avec moi.

CHAPITRE X

Le Château était encore endormi quand je redescendis et me recouchai. Ma mère me réveilla en m'apportant le déjeuner. Elle m'apprit qu'il me fallait, le lendemain, aller à la gare prendre mon père qui viendrait avec ma sœur aînée, Élise.

Ma mère était de très bonne humeur, mais ce n'était pas le cas de Berthe, que l'arrivée de sa très jolie sœur gênait. Elle me dit que ma sœur avait une amourette avec le fils d'un ami de commerce de notre père et que probablement ce jeune homme l'épouserait après son service militaire.

Elle me dit qu'en outre, beaucoup de choses qu'elle ne comprenait pas avant, étaient devenues maintenant très claires pour elle.

Certainement Kate et Élise avaient dû gougnotter longtemps ensemble, et elles étaient même restées une fois seules pendant une heure dans la salle de bains.

Le lendemain cela me fit plaisir de voir que

ma mère prenait un bain, dans l'attente de son mari.

À la gare, lorsque le train arriva, je fus étonné de voir ma sœur Élise devenue une charmante jeune femme. Elle avait une paire de jolis petits pieds dans d'élégantes chaussures et se trémoussait si gracieusement que je devins jaloux de son Frédéric. J'avais décidé que toute personne féminine de mon entourage devait faire partie de mon harem et je me renforçai dans mon opinion.

Ma jalousie s'augmenta, lorsque je vis qu'avec mon père était venu un ami, M. Franck, un vieux célibataire qui avait des vues sur ma tante. Les présentations furent cordiales. Ma sœur était étonnée de mon développement comme je l'étais du sien et nous nous embrassâmes mieux que fraternellement.

Nous n'avions pas compté sur M. Franck, et comme la voiture était à deux places, je dis que papa et M. Franck s'en serviraient tandis que moi et Élise irions à pied. Ma sœur accepta. La route était très jolie.

La conversation devint bientôt très intéressante. Ma sœur était très flattée des compliments que je lui faisais sur sa beauté. Lorsqu'elle s'enquit de Berthe, je lui dis qu'elle avait eu ses règles et était nubile. Élise me regarda étonnée.

« Elle reste maintenant enfermée avec Kate, dans la salle de bains, aussi longtemps que toi », ajoutai-je, puis je continuai en la regardant bien : «Elles couchent aussi dans la même chambre, tu me comprends.»

Ma sœur rougit fortement en gardant le silence.

«Il ne faut pas te gêner, Élise, dis-je amicalement, je ne suis plus un petit garçon. Tu as pu d'ailleurs remarquer quand on nous baignait ensemble lorsque nous étions plus petits, que mon vit n'est pas plus mal que celui de ton Frédéric.

— Mais Roger!

— Nous avons maintenant du poil entre les jambes et nous savons qu'il y a quelque chose de mieux que de jouer au doigt mouillé ou à cinq contre un.»

Élise était toute rouge, sa poitrine se soulevait, mais elle ne savait quoi répondre. Brusquement, elle regarda si personne ne nous voyait et demanda :

«Est-ce vrai, Roger, que les jeunes gens avant d'être soldats doivent se mettre nus et se laisser regarder. J'ai entendu maman et ma tante dire quelque chose comme ça, et on en parlait aussi à la pension.

— Frédéric, mon beau-frère futur, aurait pu te dire ça. Naturellement, ils le doivent. On les regarde comme une fiancée pendant la première nuit de noces. Mais ils ne bandent pas, parce qu'ils ont peur. Frédéric non plus ne devait pas bander.

— Va donc…! Mais ils doivent avoir

honte… Est-ce que c'est public? Les femmes peuvent-elles voir ça?

— Malheureusement non, dis-je sérieusement; devant toi, Élise, je ne me gênerais pas.»

Je l'embrassai cordialement. Nous étions dans un petit bois, près du Château. J'ajoutai:

«Crois-tu donc qu'il y a dans le monde une fiancée qui, la nuit de ses noces, ne devra pas se tenir nue devant son mari pour être dûment visitée. Il se tient d'ailleurs nu, lui aussi.

— Mais un homme, ce n'est pas la même chose.

— Pourquoi? Si je me mettais nu devant toi, tu verrais tout: mes poils, mon vit bandant, mes couilles, mais de toi je ne pourrais voir que les poils, ton con resterait caché. As-tu beaucoup de poils, Élise?

— Oh! regarde les jolies fraises, Roger», dit Élise.

Je l'aidai à en chercher. Nous pénétrâmes profondément dans le bois. Je l'embrassai en bandant comme un cerf.

«Qu'y a-t-il là-bas? demanda-t-elle.

— Une hutte de chasse; j'ai la clef, ça nous appartient.» La hutte était entourée d'un épais taillis.

«Attends-moi, Roger, je viens de suite. Prends garde que personne ne vienne.»

Elle alla derrière la hutte. Je l'entendais pisser. Je regardai. Elle était accroupie, un peu penchée, les jambes écartées et tenait ses jupes levées, de façon qu'on voyait ses jolis mollets.

Sous les genoux pendait la dentelle du pantalon. Entre les jambes giclait le jet. Lorsqu'il se termina, j'allais me retirer, mais elle resta encore. Elle souleva ses jupes au-dessus de ses reins, écarta son pantalon. La fente de son cul se montra avec les fesses rondes et pleines, sans une tache. Sous son effort, une mince saucisse sortit de son trou du cul, pendilla un moment puis se tortilla sur le sol. Un peu de jus suivit, puis elle pissa encore un peu.

Cette fois, je vis distinctement le jet sortir des poils qui étaient châtains et assez épais. Lorsqu'elle eut fini, elle chercha du papier mais n'en trouva pas, je parus alors et lui en donnai.

« Voici, Élise. »

Elle eut un moment l'air en colère.

« Ne te gêne pas, lui dis-je, j'ai aussi besoin ! »

Je sortis mon vit et, bien que je bandasse, je me mis à pisser. Je me souvins du valet et je pissai si haut que ma sœur dut rire. Elle s'était servie du papier. Nous entendîmes des voix. Elle eut peur, je la poussai dans la hutte que je refermai sur nous. Nous regardâmes par une fente. Un valet et une servante s'approchaient en se lutinant. Il la jeta sur le sol, se mit sur elle, sortit son vit, releva les jupes, et ils s'enfilèrent en grognant comme des bêtes.

J'avais enlacé Élise et je la pressais contre moi. Son haleine parfumée m'échauffait les joues. Sa poitrine se soulevait fortement devant le spectacle que nous contemplions sans parler. Je sortis mon vit et le mis dans la main chaude et douce comme du satin. Le couple s'éloigna. Je ne pouvais résister et j'empoignai Élise. Malgré sa résistance, j'eus vite écarté le pantalon et la chemise. Ma main jouait avec ses poils. Ses cuisses étaient serrées, mais je sentais son clitoris dur.

«Non, ça va trop loin, Roger, n'as-tu pas honte! Je crie!

— Si tu cries, on entendra du Château… Personne ne peut le savoir. Les premiers hommes n'ont pas fait autre chose.

— Mais nous ne sommes pas les premiers hommes, Roger.

— Élise, si nous étions sur une île!…»
J'étais arrivé à entrer mon doigt.

«Si mon Frédéric savait ça!

— Il ne le saura pas, viens ma chérie.»
Je m'assis sur une chaise et tirai ma sœur sur moi. Quand elle sentit l'énorme vit contre son con elle ne résista plus. Elle n'était plus pucelle et avoua l'avoir fait une fois avec son Frédéric. Son con était étroit, très chaud et agréablement humide.

Elle me rendit mes baisers. J'ouvris sa blouse et sortis ses deux tétons qui allaient et venaient tandis que je les suçais. Je mis mes bras à ses dures et grosses boules inférieures, ses deux fesses magnifiques. Elle se mit à jouir terriblement. Nous déchargeâmes ensemble. Ensuite nous nous promîmes le silence. Nous nous regardâmes à loisir puis nous allâmes au Château.

CHAPITRE XI

À table on fut très gai. Mon père s'occupait de maman. M. Franck s'empressait autour de ma tante. Je m'entretenais avec mes sœurs. On avait donné ma chambre à l'invité. Je devais coucher au même étage que les femmes, dans la chambre d'Élise, qui partageait celle de Berthe avec Kate.

Quand tout le monde fut couché, je regardai dans la chambre de mes sœurs. Berthe dormait mais Élise n'était pas là. Je vis une lumière, je me cachai et vis paraître Élise et ma tante en chemise qui regardaient par une fente de la porte de mes parents. On entendait de fortes claques sur un cul nu. Puis la voix de mon père s'éleva : « Maintenant laisse tomber la chemise, Anna... Comme tu es belle avec tes poils noirs. »

Baisers et chuchotements.

« Marche, Anna. En avant, marche !... Halte !... Les bras en l'air... Que tu as de poils aux aisselles... Regarde comme je bande,

Anna, prends-le... Présentez, arme... Arme sur l'épaule... viens ici !

— Voyons, Charles, ne t'excite pas tant... tu me fais mal... tu m'as assez vue. J'ai honte de me laisser regarder le derrière.

— Sois tranquille, mon enfant... Mets-toi sur le lit..., les pieds en l'air..., plus haut..., voilà... mon trésor... »

On entendait les craquements du lit.

« Est-ce que ça vient, Anna ?

— Bientôt, Charles !

— Oh ! ça vient. C'est bon !... Cha-arles... Ah ! Ah !

— Anna !... je décharge !... »

Sur les escaliers on entendait la voix de Kate. Élise l'entendit et rentra dans la chambre. Ma tante se sauva vers la sienne, mais sans la fermer. Elle ressortit. Mes parents avaient éteint la lumière. J'entrai dans la chambre de ma tante. En rentrant, elle eut peur. Je lui dis tout. Elle ralluma la lumière. Je l'embrassai sans parler. Je sentais les jolies formes de son beau corps. Elle tremblait. Je saisis son con sous sa chemise. Elle se débattait. Je la consolai.

« Soyons mari et femme, chérie, jolie Marguerite ! »

Mon doigt jouait sur le clitoris. Elle s'abandonna. Je découvris ses beaux tétons pareils à des boules de neige. Je la poussai vers le lit. Elle se mit à sangloter. Je lui proposai de partir pour nous marier. Ça la fit rire. Je mis mon vit nu. Elle était aussi excitée par le champagne qu'elle avait bu. Elle éteignit la bougie. Je mis mon vit dans sa belle main, puis je lui fis minette; le plaisir était trop grand, elle s'agitait, son clitoris se gonfla. Je mis un doigt dans son con et suçai ses tétons. Puis je lui enlevai la chemise, je la pressai contre moi et, bouche à bouche, je poussai à coups redoublés ma pine dure dans sa fente virginale.

Un seul cri léger précéda la jouissance qui l'accabla aussitôt. C'était maintenant une femme enflammée et elle s'abandonna à la volupté.

Un court combat, mais dont les sensations furent infinies, nous amena tous deux aux bornes de l'extase la plus voluptueuse, et c'est avec les plus violentes secousses que je répandis dans son sein le baume vital.

Le plaisir avait été trop grand, je bandais toujours. Je la caressai puis je rallumai la bougie. Elle se cacha le visage dans les coussins; sa pudeur était revenue, mais je tirai la couverture pour voir son corps de Vénus. Une légère trace de sang se voyait sur les poils du con, mêlée avec notre sperme. Je la nettoyai avec mon mouchoir, la retournai, lui chatouillai le dos, le cul et lui mis la langue dans le trou du cul.

Puis je me mis sur elle, la tête enfouie dans ses cheveux parfumés. Je mis mes bras autour de son corps, la soulevai un peu et replongeai ma pine dans sa fente humide. Un long combat s'ensuivit qui nous fit transpirer par tous les pores. Elle déchargea la première en criant de volupté comme une folle. Ma décharge suivit dans une volupté presque douloureuse. C'était assez, nous nous séparâmes.

Quelques semaines se passèrent en plaisirs divers. M. Franck faisait de plus en plus la cour à ma tante. Un jour, Élise et ma tante entrèrent dans ma chambre en pleurant. Elles étaient enceintes. Mais elles n'osaient l'une devant l'autre dire que j'étais le malfaiteur. Mon parti fut vite pris.

« Élise, épouse Frédéric, et toi, tante, marie-toi avec M. Franck. Je serai votre garçon d'honneur. »

Le matin du jour suivant, ma porte s'ouvrit. Ursule entra. Elle aussi était enceinte. Je lui dis d'épouser le cousin du régisseur qui lui faisait les yeux doux et promis d'être le parrain de son enfant. Puis je la mis nue et lui léchai le con et le cul. Ensuite je me lavai avec de l'eau de Cologne et me fis lécher le cul par elle. Cela m'excita énormément. Je la baisai avec de telles secousses que ses cheveux flottaient sur le lit.

Nous eûmes bientôt les trois mariages. Tout se termina amoureusement et je couchai tour à tour avec les femmes de mon harem. Elles savaient chacune ce que je faisais avec les autres et sympathisaient.

Bientôt Ursule accoucha d'un garçon, plus tard Élise et ma tante, d'une fille ; le même jour je fus parrain du petit Roger d'Ursule, de la petite Louise d'Élise et de la petite Anna de ma tante, tous enfants du même père et qui ne le sauront jamais.

J'espère en avoir bien d'autres et, ce faisant, j'accomplis un devoir patriotique, celui d'augmenter la population de mon pays.

DÉCOUVREZ LES FOLIO À 2 €

DIDIER DAENINCKX   *Leurre de vérité* et autres nouvelles

Daeninckx zappe de chaîne en chaîne avec férocité et humour pour décrire les usages et les abus d'une télévision qui n'est que le reflet de notre société...

ROALD DAHL   *L'invité*

Un texte plein de fantaisie et d'humour noir par un maître de l'insolite.

MICHEL DÉON   *Une affiche bleue et blanche et autres nouvelles*

Avec pudeur, tendresse et nostalgie, Michel Déon observe et raconte les hommes et les femmes, le désir et la passion qui les lient... ou les séparent.

WILLIAM FAULKNER   *Une rose pour Emily* et autres nouvelles

Un voyage hallucinant au bout de la folie et des passions les plus dangereuses par l'auteur du *Bruit et la fureur*.

F. SCOTT FITZGERALD   *La Sorcière rousse*, précédé de *La coupe de cristal taillé*

Deux nouvelles tendres et désenchantées dans l'Amérique des Années folles.

ROMAIN GARY   *Une page d'histoire* et autres nouvelles

Quelques nouvelles poétiques, souvent cruelles et désabusées, d'un grand magicien du rêve.

JEAN GIONO   *Arcadie... Arcadie...*, précédé de *La pierre*

Avec lyrisme et poésie, Giono offre une longue promenade à la rencontre de son pays et de ses hommes simples.

HERVÉ GUIBERT   *La chair fraîche* et autres textes

De son écriture précise comme un scalpel, Hervé Guibert nous offre de petits récits savoureux et des portaits hauts en couleur.

HENRY JAMES   *Daisy Miller*

Un admirable portrait d'une femme libre dans une société engoncée dans ses préjugés.

FRANZ KAFKA   *Lettre au père*

Réquisitoire jamais remis à son destinataire, tentative obstinée pour comprendre, la *Lettre au père* est au centre de l'œuvre de Kafka.

JACK KEROUAC   *Le vagabond américain en voie de disparition*, précédé de *Grand voyage en Europe*

Deux textes autobiographiques de l'auteur de *Sur la route*, un des témoins mythiques de la *Beat Generation*.

JOSEPH KESSEL   *Makhno et sa juive*

Dans l'univers violent et tragique de la Russie bolchevique, la plume nerveuse et incisive de Kessel fait renaître un amour aussi improbable que merveilleux.

RUDYARD KIPLING   *La marque de la Bête* et autres nouvelles

Trois nouvelles qui mêlent amour, mort, guerre et exotisme par un conteur de grand talent.

LAO SHE   *Histoire de ma vie*

L'auteur de la grande fresque historique *Quatre générations sous un même toit* retrace dans cet émouvant récit le désarroi d'un homme vieillissant face au monde qui change.

LAO-TSEU   *Tao-tö king*

Le texte fondateur du taoïsme.

PIERRE MAGNAN   *L'arbre*

Une histoire pleine de surprises et de sortilèges où un arbre joue le rôle du destin.

IAN McEWAN   *Psychopolis* et autres nouvelles

Il n'y a pas d'âge pour la passion, pour le désir et la frustration, pour le cauchemar ou pour le bonheur.

YUKIO MISHIMA   *Dojoji* et autres nouvelles

Quelques textes étonnants pour découvrir toute la diversité et l'originalité du grand écrivain japonais.

KENZABURÔ ÔÉ   *Gibier d'élevage*

Un extraordinaire récit classique, une parabole qui dénonce la folie et la bêtise humaines.

RUTH RENDELL *L'Arbousier*

Une fable cruelle mise au service d'un mystère lentement dévoilé jusqu'à la chute vertigineuse...

PHILIP ROTH *L'habit ne fait pas le moine, précédé de Défenseur de la foi*

Deux nouvelles pétillantes d'intelligence et d'humour qui démontent les rapports ambigus de la société américaine et du monde juif.

D. A. F. DE SADE *Ernestine. Nouvelle suédoise*

Une nouvelle ambiguë où victimes et bourreaux sont liés par la fatalité.

LEONARDO SCIASCIA *Mort de l'Inquisiteur*

Avec humour et une érudition ironique, Sciascia se livre à une enquête minutieuse à travers les textes et les témoignages de l'époque.

PHILIPPE SOLLERS *Liberté du XVIIIème*

Pour découvrir le XVIIIème siècle en toute liberté.

MICHEL TOURNIER *Lieux dits*

Autant de promenades, d'escapades, de voyages ou de récréations auxquels nous invite Michel Tournier avec une gourmandise, une poésie et un talent jamais démentis.

MARIO VARGAS LLOSA *Les chiots*

Mario Vargas Llosa, écrivain engagé, raconte l'histoire d'un naufrage dans un texte dur et réaliste.

PAUL VERLAINE *Chansons pour elle et autres poèmes érotiques*

Trois courts recueils de poèmes à l'érotisme tendre et ambigu.

COLLECTION FOLIO

3683. William Golding	*Trilogie maritime, 3. La cuirasse de feu.*
3684. Jean-Noël Pancrazi	*Renée Camps.*
3686. Jean-Jacques Schuhl	*Ingrid Caven.*
3687. *Positif,* revue de cinéma	*Alain Resnais.*
3688. Collectif	*L'amour du cinéma. 50 ans de la revue* Positif.
3689. Alexandre Dumas	*Pauline.*
3690. Le Tasse	*Jérusalem libérée.*
3691. Roberto Calasso	*la ruine de Kasch.*
3692. Karen Blixen	*L'éternelle histoire.*
3693. Julio Cortázar	*L'homme à l'affût.*
3694. Roald Dahl	*L'invité.*
3695. Jack Kerouac	*Le vagabond américain en voie de disparition.*
3696. Lao-tseu	*Tao-tö king.*
3697. Pierre Magnan	*L'arbre.*
3698. Marquis de Sade	*Ernestine. Nouvelle suédoise.*
3699. Michel Tournier	*Lieux dits.*
3700. Paul Verlaine	*Chansons pour elle* et autres poèmes érotiques.
3701. Collectif	*« Ma chère maman ».*
3702. Junichirô Tanizaki	*Journal d'un vieux fou.*
3703. Théophile Gautier	*Le Capitaine Fracasse.*
3704. Alfred Jarry	*Ubu roi.*
3705. Guy de Maupassant	*Mont-Oriol.*
3706. Voltaire	*Micromégas. L'Ingénu.*
3707. Émile Zola	*Nana.*
3708. Émile Zola	*Le Ventre de Paris.*
3709. Pierre Assouline	*Double vie.*
3710. Alessandro Baricco	*Océan mer.*
3711. Jonathan Coe	*Les Nains de la Mort.*
3712. Annie Ernaux	*Se perdre.*
3713. Marie Ferranti	*La fuite aux Agriates.*
3714. Norman Mailer	*Le Combat du siècle.*
3715. Michel Mohrt	*Tombeau de La Rouërie.*
3716. Pierre Pelot	*Avant la fin du ciel. Sous le vent du monde.*
3718. Zoé Valdès	*Le pied de mon père.*
3719. Jules Verne	*Le beau Danube jaune.*
3720. Pierre Moinot	*Le matin vient et aussi la nuit.*
3721. Emmanuel Moses	*Valse noire.*

Composition Interligne.
Impression Bussière Camedan Imprimeries
à Saint-Amand (Cher),
le 10 septembre 2002.
Dépôt légal : septembre 2002.
Numéro d'imprimeur : 024015/1.

ISBN 2-07-042547-9./Imprimé en France.